消色信号し。

光と影

渡边淳一 著

杜勤 译

光与影

青岛出版集团 | 青岛出版社

目录

光与影 / 001

宣判死期 / 073

猴子的反抗 / 111

蔷薇的联想 / 137

喜出望外的收获(新版后记)/ 177

光与影

一

　　船只好像进入了玄海海域,剧烈地摇晃了起来。今天早晨七点离开长崎,已经航行了四个多小时了,太阳大致迫近了中天。

　　陆军大尉小武敬介十五分钟前就来到甲板上,眺望着在春霭中跌宕起伏的北九州的岛影。视野里只有遥远的陆地和天空,这是一条司空见惯的海路。在这里,士兵们的怒吼声、炮弹的呼啸声都恍如子虚乌有的假象,战场上那一幕幕不忍目睹的惨状让人觉得是须臾间的虚妄。

　　然而一旦走进船舱,这种虚妄的感觉顿时化为活生生的现实。船舱里的榻榻米上密密麻麻地挤满了伤病员,其数目不下五百人。有人闭上眼睛在强忍着伤痛,有人在神志恍惚中呻吟。小武也不例外,他的右臂从肩膀一直到手腕被绷带包裹着,一根吊带把它吊在脖子下面,被夹板固定住弯曲得几乎成直角的肘部周围从白色的绷带里渗出血迹。

小武用他那健全的左手抓住扶手,略微张开双脚抵御着船只的摇晃,尽管如此,上半身还是随着船只的颠簸而颤动,每次颤动他的肘部就发出一阵轻微的疼痛。船舱里有一方不足一张榻榻米大小的空间供他休息,可是他却不愿回到里面去。在狭窄的空间里的伤病员挤作一团发出温热的气息,和腐烂的伤口化脓后发出的酸溜溜的气味混杂在一起,船舱里弥漫着一股异样的恶臭。

"我胳膊受伤了,可是脚还灵便,站得住。我去甲板溜达溜达,趁这段工夫你把手脚伸直好好休息。"

小武对躺在身边的同一个大队的一个少尉嘱咐完了就走出了船舱。这个少尉腹部侧面被子弹击穿,无聊地蜷缩着脚躺在地上。他的伤口开始化脓,高烧烧得脸上都泛起了红润。小武也从昨夜开始浑身发冷,今天早晨乘船前换药的时候,夹杂着脓血的液体随纱布从肘部的伤口黏糊糊地流淌了出来。把脓汁拭去,从肌肉已经腐烂掉的伤口可以清清楚楚地看到白乎乎的骨头。军医把小镊子塞进伤口,碰得骨头嘎吱嘎吱作响,可奇怪的是,却没有什么疼痛的感觉,或许是因为破损的骨头已经坏死了。

至少让他把脚伸直睡上十五分钟。

小武发着低烧,站在船舷旁边,北九州的岛影连成一片紫色彩带一直延伸到海的尽头。据说这艘载着伤病员的船只要经过门司,穿过濑户内海,后天下午才能抵达大阪的临时医院。

他能挺到那个时候吗?

小武又想起躺在自己身边的少尉,军医说他的肠子都开始腐烂了。

他死了真可惜。

我自己会怎样呢？小武看了看被绷带包裹着的右臂,这只胳膊好像不是自己的了。

丢掉一只胳膊,命能保住吗？

以后的事情到了大阪以后才能见分晓,小武朝着蔚蓝的大海吐了口吐沫。

"小武,是小武吗？"

这时他觉得有人在叫自己的名字,回头一看,发现站着一个留着淡淡的八字胡的长脸男子。奇妙的是,这个男子的右臂也绑着夹板,用绷带包裹着从脖子上吊下来。袖章和小武一样是大尉军衔。

"喂,这不是寺内吗？"

"果然是你,看背影觉得像你。"

这个男子是陆军大尉,名叫寺内寿三郎。他眯缝着小眼睛问:"你也挂彩了？"

"彼此彼此。"

两人互相望着对方用绷带包裹着的胳膊。

"你在哪儿受的伤？"

寺内回答:"田原坡。"

"我是在植木坡。"

"什么时候？"

"三月十二号。你呢？"

"十一号。"

"你资格比我老一天。"

"这倒霉的老资格。"

两个人又对视了一眼。

寺内和小武参加的西南战争源于以西乡隆盛为首领的鹿儿岛旧士族发起的叛乱。战争发生在明治十年①,萨摩国军队在熊本城对政府军发起攻击,从而揭开了战争的序幕。

被包围的守卫军不得不在城楼里死守了两个月,城楼只差一口气就被攻陷了,多亏政府军的增援部队及时赶到才死里逃生。这回轮到萨摩国军队节节败退,经过人吉、都城之战,直到九月鹿儿岛失守,这场战争最终以政府军的胜利宣告结束。

这一系列的战争中,初期的熊本城攻防战最为激烈,尤其是急速赶往熊本城的政府军和强大的萨摩军在田原坡口遭遇,从三月十一日开始整整六天不分昼夜,展开了腥风血雨的大决战,萨摩军的智多星将军、闻名遐迩的筱原国干也战死在这里。

前往植木坡的乃木希典少佐率领的步兵第十四联队同样遇到萨摩军的顽强抵抗,经过几番恶战,最终败退下来,一时间阵脚大乱,连军旗都丢掉了。

正是在这时,担任近卫兵第一大队第一中队长的寺内大尉奉命向田原坡开拔,乃木联队的第一大队第二中队长小武敬介奉命前往植木坡。

"我发出冲锋的命令,右手挥舞着军刀朝坡道猛冲过去,突然间胳膊肘被子弹击穿了。惊恐之余朝上一看,只有胳膊还抬着,军刀已经不在手上了。"寺内用左手比画了一下给他看,"我慌忙用左手捡了起来,掉落军刀真是出大洋相了。"

"那是不得已的事情。"

寺内大尉发起冲锋的田原坡是从高濑经由植木通向熊本城大

---

① 明治元年是 1868 年,明治十年是 1877 年。——译者注,下同。

道的第一关口。前方流淌着木叶川的溪流,狭窄的坡道九曲十八弯,山崖上有好几处三十多米高的悬崖峭壁逶迤延伸,参天的古树浓荫密布,称得上是一座天然要塞。萨摩军占据这个要塞给从下面发动攻击的政府军以沉重的打击。

"你也是右肘啊?"

"不错,是被施耐德枪击中的。"

"怎么连伤口都一样啊。"

"我们一直攻到植木坡防垒的边缘了,偏偏这个时候挨了一枪,否则早已经攻进去了。"

"那样一来说不定小命都没了。"

"也许还不如干脆死掉,反正到了大阪右臂也是保不住的。"

"嗯。"

寺内突然朝大海看了一眼,海面被船体切划成阵阵均匀规整的波涛。

"自己的胳膊,却这么不听使唤,长痛不如短痛,还不如干脆早点剁掉算了。"寺内抬起脸焦虑地说。

"还要忍耐两三天。"

"我从田原坡撤退到木叶的临时卫生站是十三号的晚上,然后被护送到高濑的军团医院,乘上平底船顺着筑后川漂流而下,在长崎医院被搁置了三天以后,今天早上这才乘上了这艘伤员船。掐指一算,在大阪接受正儿八经的治疗要等上十多天呢。"

"你说的不错,本来能治好的也被耽搁了。"

"明明在九州打战,为什么却把临时医院设在大阪?"

"也考虑过设在下关,可是那是乡下,土地和备用品不好调配。那么多伤员要源源不断地运送过去。"

"嗯。"

寺内神色凝重地点点头,这时小武又想起躺在船舱里的少尉。

"这么一来,我的胳膊还能多存活四五天。"

船体一晃动上半身就像被拽着往下沉。

"妈的,又开始疼了。"

"我俩真不是一般的缘分,连受伤的部位都一样。"

"谁让咱俩是同届生呢。"

他们俩是东京教导团的同届生。这所学校是明治三年为培育陆军下级军官而设立的,地点在现在的警视厅一带。西南战争的时候,团长高岛鞆之助少将作为第一别动旅司令官出征,出自这个学校的人几乎都参加了这场战争。后来学校迁移至千叶县国府台,从这个学校考入军官学校的人当中有不少赫赫有名的人物,如总理大臣田中义一、朝鲜总督山梨半造、关东军司令武藤信义、参谋总长河合操,等等,不胜枚举。

他们俩毕业的明治三年届教导团的毕业生一共有五十多人,其中小武素有秀才的美誉,无论是学业还是军事本领都是出类拔萃的。

"伤养好了,就我们几个人组成一个独臂队吧。"

"暂且你来当队长,我来当副队长。"寺内一本正经地说。

"反正是些不要命的残缺人聚集在一起,一定很厉害。"

两个人朝着海风挺起胸膛,故意大笑一声,像是在给自己鼓劲。

二

第三天下午船只安全抵达了大阪。伤病员被抬到一张张门板上，由农夫挑着走陆路运送到大阪城内的临时医院。

这所大阪陆军临时医院的前身是大阪镇台旁边的陆军医院，在此基础上又在周围赶盖了十二幢病房，据说鼎盛时期可以收容八千五百个伤病员。临时医院的院长石黑忠惠后来晋升为军医总监，外科部主任是佐藤进。

佐藤进这个人是因佐仓顺天堂而闻名的顺天堂医院的接班人。他在日本人中第一个留学德国，潜心钻研德国医学。据说他的外科医术当时无人可以匹敌。他是一个热血男子，起先在顺天堂医院工作，西南战争爆发后，听说大阪临时医院缺少娴熟的外科医生，于是就离开原来的医院主动要求到大阪临时医院来工作。陆军省认为他的义勇奉公的精神可嘉，不久就让他担任陆军医监，并任命他为临时医院副院长。

寺内和小武住进了临时医院，他们的病房在东二号。同室的病友一共六人，都是从少尉到大尉的军官。房间比部队的大间略显整洁。

他们两人都是贯通枪伤导致的右肘关节上部的粉碎性骨折，伤口都化脓了，周围红肿，从伤口中流出像清鼻涕一样的脓水。下掉夹板后，胳膊便从肩膀上无力地垂挂下来。用另一只手往上一提，发现右臂已经奇形怪状了，不仅肘部弯曲，而且四五公分上方的骨折部位也弯曲了。

到达大阪第三天的下午，两个人前后接受手术。军医们认为两例病情都要从上臂的当中开始截肢，没有一个人提出异议。

"先给谁做呢？"

主治医生川村军医当天午休时间在医疗部问佐藤："两人情况

一样,谁先谁后无所谓吧?"

佐藤一边咳嗽,一边突然间看了看放在面前的病历,病历是按照小武、寺内的顺序叠放着的。

"那么就小武大尉在先,寺内大尉在后吧。"

"遵命。"

川村军医应答了一声就走出医疗部去准备手术器具了。

即使是贯穿枪伤引起的右肘关节上部的粉碎性骨折,现在也不至于截肢。除非是像癌症、肉瘤这类放任不管就会危及生命的疾病以及血管、肌肉大面积七零八碎的情况下才会进行切除手术。这是因为切除是最后的手段,随时都可以做,不必急于走这一步。

然而毕竟是现在才能说这样的话。当时既没有抗生素,也没有放入体内也不会锈蚀的接骨金属,手术器具也很幼稚,所以从上部截断伤口化脓的粉碎性骨折的胳膊是理所当然的医学常识。如果磨磨蹭蹭的,错过了截肢的时机,化脓菌就会扩散,引起败血症和坏疽,更有甚者会危及生命。

那天中午,小武和寺内没有进食,从内衣裤到病衣都换成干净的。手术从下午开始,因为要打麻药,午饭被禁止了。

"写封遗书什么的吧。"

"好的。"

虽然只是截断一只手臂,可是当时的吸乙醚麻醉法和截肢手术多少还是伴随一定风险的。

小武端坐在病床上,在一个小木箱上摆好了纸墨,可是认真一想,又没有什么内容可写。妈妈阿静还在周防的防府活着,屈指一算今年是五十二岁。自己都活到二十七岁了,可是却没有尽到孝道。想到这里,小武心中萌生出几分愧意。

不过我对国家是尽了绵薄之力了。

他觉得这一点妈妈是明白的。他草草地用左手写上几句请求妈妈原谅自己不孝的话语就装进信封里封好了。

"出去散会儿步吧。"

"一点钟之前得回来。"

"就到院子里走走没关系吧？"

可能是写了遗书的缘故，他们的脸色略显苍白。他俩穿过通往中庭的走廊来到院子里。

"再过半个月樱花就要开了。"

小武盘腿坐在草坪上，看着嫩芽初绽的枝头。

"樱花开之前可不可以出院呢？"

"谁知道呢？"

"没有右手可真是不方便啊。就这么五六行烂字，比平时多花了一倍多的时间。"

"没有就没有了。左手用多了很快就会适应的。"

"你，老婆呢？"

"老婆？我哪儿来的老婆？"

小武凝视着远处回答说。

"那就好。"

"你呢？"

"我一年前娶的。"

"在东京吗？"

"不错。"

"你还没有告诉她吧？"

寺内手中攥着一根草点点头，"嗯"了一声。

"那还是告诉她一声比较好。"

小武说着,脑海里浮现出本庄睦子的容貌。本庄睦子是日本桥和服商人本庄弥八郎的女儿,现年十八岁。原本定好西南战争结束回去后由小武叔叔做媒两人结为伉俪的。

寺内狠狠地说:"军人本来就不该结婚。"

"那未必吧。"

小武和睦子只是订了婚,即便自己伤残了,心里的负担相应地会轻一些。然而这种感受本身也就印证了彼此之间感情的羁绊弱如游丝。小武感到几分凄凉,这与他的身份是不相称的。走廊上护理兵们依旧在川流不息地走动。这时一副门板抬了进来,上面躺着一个穿军装的男子。

"又有船到了。"

"这么多伤病员,医生也招架不住啊。"

"我们好像是佐藤医监为我们主刀。"

"他亲自做就不必担心了。"

"回去吧。"

小武心里牵挂着手术,如果手术时间提前,派人来叫自己就尴尬了。

"还是先做的好啊。"

"是吗?"

"早晚都要截断的,还是趁早做掉爽快。并且……"

寺内走在草坪上,话说到一半又打住了。

"并且什么?"

"前一个手术医生岂不也体力充沛,手术就顺当一点吗?"

"哪儿有这样的事情?头一个和第二个没有区别,轮到第二个医生熟门熟路了,或许反倒是好事。"

"该不会发生器械不够的情况吧?"

"放心吧,这么大一个医院。"

"可是为什么你在前我在后呢?"

"这么做当然是军医经过深思熟虑的。其实头一个和第二个充其量不过相差一小时。"

"在战场上另当别论,我可不愿意死在这样的医院里。"

听着寺内这些与他的性格不相称的泄气话,小武的心头也蒙上一层不祥之兆。

"到明天我们俩可就都单臂吃饭了。"

小武装出一副满不在乎的样子说。奇怪的是这时他感觉不到胳膊的疼痛,还有七八分钟他就要被推上手术台,强烈的紧张感让他把疼痛抛在脑后了。

下午一点半,小武在护理兵的陪同下被送进了手术室。隔着走廊的窗户望去,下午的天空一片晴朗,看不见一丝云彩。小武心想外面空气很干燥。这是小武当天在神志清楚的状态中看到的最后一幕户外的情景。

下午两点整,由佐藤医监执刀,川村和两名年轻的军医做助手,小武大尉胳膊的截肢手术开始了。小武吸入了麻醉用的乙醚后,精神上亢奋起来,随之痛苦地闹腾了一阵子。不久麻药开始起作用,于是大尉安详地昏睡过去了。

首先切开皮肤,使断面呈圆筒形,然后转移到上面切开肌肉,最后好像切圆片似的一口气切到骨头。佐藤医监把那把长达一尺五寸的手术刀垂直地竖在脸部的正面,对着手术刀默默地祷告,其他两个按着手臂扒开创口的军医也模仿着垂下了眼睛。这是执刀医生做截肢手术时的礼节。

"动手了。"

这一声叫喊把军医们从短暂的默祷中唤醒了过来。

"止血袋准备好了吗?"

"是!"

肩膀口用一个粗大的橡皮筋紧紧扎住,连皮肤都绑得皱巴巴的。

"开始了。"

细长的手术刀在下午的手术室中熠熠闪光。刀刃斜着从上往下运行,又转过去把背面的肉切断下来,刹那间小武大尉的上半身翘动了一下,被守候在左右的军医摁住了。他的手臂就这样在一瞬间只剩下当中的直径两寸的骨头,所有的肌肉、血管和神经都被剥离开了。

"锯子!"

切口部的肉被往上一捋,露出白乎乎的骨头,一把锯子架在骨头上。

"抓紧了!"

锯子在骨头上不停地来回滑动,细碎的骨粉纷纷掉落下来。

"要断开了,接住了。"

刹那间,小武大尉的手臂悄然无声地掉落在等候着的年轻军医的手中。

"用布匹包上!"

"是!"

被切断的手臂轻飘飘空荡荡的,这难道就是那只迄今为止用来敬礼、拔刀和按倒敌人的手臂吗？简直令人难以置信。那名军医在手术室的角落又庄重地鞠了一躬,用一块布匹把那只孤零零的手臂包裹好放在地板上。

封闭上切口的血管,捆扎好神经,然后盖好肌肉,把皮肤捋平整,手术就结束了。虽然看上去令人毛骨悚然,可是截肢本身不是什么困难的手术。这和对付损坏的建筑的某个部位如出一辙,拆除比复原要容易。

小武大尉的手术持续了一刻钟,手术结束被送回了病房,他依然没有从麻醉中苏醒过来。

约莫在一小时之后,寺内大尉被抬上了手术台。他吸入乙醚不久就昏厥过去,结果便只穿着一条兜裆裤不省人事地躺在手术台上。

参加小武大尉的手术的三名年轻军医重新洗了一遍手,换上干净的手术衣再一次聚集在手术台的周围。寺内大尉静静地躺在上面。

寺内全身覆盖着消毒布,聚光灯照射着他那条将要切除的胳膊。佐藤徐徐地走近手术台,军医们悉心等待着佐藤拿起手术刀插入皮肤。

三十秒过去了,一分钟过去了,佐藤却没有拿起手术刀,困惑不解的川村抬眼看看佐藤。这时佐藤说话了：

"川村君,我们做个试验怎么样？"

"啊？"

"野战外科的试验。"

"您是说……"

川村不明白佐藤想说的意思。

"切除这样年轻的人的胳膊,实在是不忍心啊。"

这一点上川村也有同感。尽管比不上佐藤,可是川村来到这里已经做了十多例截肢手术了。手术姑且不论,把一个人定格为残疾人的心情让他于心不忍。

"彭湃①的医学书上介绍过一种把粉碎的骨片完全剔除的方法,这样可以保住胳膊。"

"这个我不敢苟同,因为这个病例化脓太严重了。"

川村军医也读过彭湃的书,其中提到的方法是把破碎的骨片清理干净,然后把胳膊固定在好的肢位上等新的骨头长出来。但是其先决条件是骨头没有化脓。

"其他还有什么问题?"

"并且这个病人和前一例一样,骨头碎片很多。如果全部剔除,仅仅在没有骨头的部位上就会产生一个一寸多大的空洞。我认为新生的骨头要填满这个窟窿相当困难。"

川村的话是正确的,佐藤心里比谁都清楚这种观点在医学理论上是正确的。不过这话只不过是没错而已,却没有什么新意。

"截肢的病例实在太多了。"

这才是佐藤的真心话。不过即便是佐藤本人,对于彭湃的方法真的可以保全寺内的胳膊也觉得没有根据和信心。原本这个病例的先决条件就不大一样。

---

① Pompe van Meerdervoort(1829—1908):荷兰海军军医,1857年应日本海军之邀在长崎开设西洋医学校(今长崎大学医学部的前身),并配有医院作为临床教学之需。后来该医校毕业生赴各地疗病,长崎医校的西医典范乃为日本全国所知,彭湃因而被誉为"日本近代西医教育之父",他在长崎开讲的日子,1857年11月12日也被作为日本西医教育的发祥日和长崎大学医学部的创立之日。

"化脓了就不行了呀。"

"几年过后脓也许就会止住,哪怕再不听使唤,恐怕到底还是有自己的胳膊好吧。"

"可是已经告诉寺内大尉……"

"那对不住寺内君了,就拿他做一次实验怎么样?"

"是!"

川村没有异议,可能的话,他也想尝试一下截肢手术以外的方法。

"野战外科每打一场仗就前进一步,这些在下一场战争中可以派上用场。"佐藤这话不知是说给某个特定的谁听的。

佐藤手中拿着手术刀,连他自己也不明白为什么这种时候突发奇想要做这样的尝试。

三

第二天早上小武才从麻醉中完全清醒过来。昨夜嗓子渴得要命醒来过一次,看护兵给他喝了点儿水后又睡着了。一恢复知觉,他就看到病房里洒满明媚耀眼的晨光,还听到同房的病友一阵轻微的笑声。

"这是哪儿?"突然一阵钻心的疼痛从小武的右臂传来。

"哎哟……"

"大尉!"一名在窗户边换冰袋的看护兵惊叫着跑过来,"你苏醒了?"

疼痛让小武想起来自己昨天接受了胳膊的截肢手术。

他缓慢地用健全的左手掀掉被子,寻找盖在下面的右臂。

"没了……"

右臂用绷带包裹着,可是的确从当中断开了,他心惊胆战地看看旁边,发现寺内在睡觉。

"喂,寺内!"

他呼唤了一声,可是没有应答。寺内脸色苍白得和手术前判若两人,轻柔的春晖斜照在上面,鼻子的影子淡淡地映在上面。

他的胳膊也截断了吗?

当他把视线移过去,不禁倒吸了一口冷气。被子的边角露出了寺内的手臂,外面打着夹板,一层又一层地裹着的绷带的前面露出一只带血色的手。手臂还在!

小武定睛又看了一遍,确确实实那是寺内的右手。

"喂!他没有做手术吗?"

"不,他是在您后面做的。"

"手臂还在呢?"

"这个……得问军医才知道。"

"你没在听我说话吗?"

"是!"

"我的手臂是不是也还在?"小武再一次把视线移到自己的右臂检查了一下,可是看来看去,还是找不到自己的手臂。

从第二天开始按照小武在先寺内在后的顺序进行手术后的换纱布。小武的伤口大致上已经干了,只是开口的缝合部有些轻微的出血。可是寺内的伤口出现了脓水,像是从肘部上方的里外两面的创口中流出来的。

"哎哟哟!"每当医生把旧的纱布取出镶入新纱布时,寺内都强忍着痛,脸色憋得刷白。小武背过脸去听着他痛苦的呻吟声。纱布一换完,他就像是耗尽所有的气力似的不停地大口大口地喘气。

"为什么没有给我截断?"

第三天换完纱布后,他低声问负责巡诊他的川村军医。

"因为骨头的碎片比较小。"

"和小武大尉不一样吗?"

"你化脓的状态比较轻,所以和佐藤医监商量了,结果决定暂时不做截肢。"

"那么,弄得不好到头来还是要截肢吗?"

"这个说不准。不过把腐烂的骨片全部清理掉,或许就停止化脓了。这样的话手臂就保住了。"

"骨头都没有了也能成吗?"

"这个要到化脓停止了再考虑吧。"

川村简要地说完,在巡诊小推车上面的水盆里洗了手就离开病房了。寺内目送着军医远去的身影,又转身瞅了瞅小武说:"听不明白。"

小武找不到合适的话回答,把脸扭了过去。

三天过后,小武原本红肿的伤口的肿胀减退了,局部的发炎也止住了。川村告诉他说,照这样下去,到了第十天就可以拆掉一半的线,到了第十四天就可以全部拆除了。缝合部的前端还开着一个手指般大小的创口,然而创口的愈合也只是时间的问题。

然而寺内的手臂还在不断地流脓。这脓水是打哪儿冒出,又怎么会产生的?看着有点不可思议。手术后的第三天,热度曾经一度降到三十八度。可是好景不长,从第四天又开始上升,第五天猛蹿到四十度。发高烧的同时食欲明显不振。寺内原本就长着一张长脸,别人奉送给他一个"马"的绰号。手术后寺内日渐消瘦,脸颊就拉得更长了。苍白的脸配上一头长发,看上去活脱像个幽灵。

每天由川村军医负责巡诊,可是佐藤医监每周来两次,星期一和星期五。

"你是寺内大尉吧。"

佐藤站在寺内前面,亲自给他换纱布。

"还有热度啊。"

"近来一直发烧。"

川村出示了体温观察记录,体温随着时间点的不同上下起伏很大。这种体温状况符合局部化脓向败血症转移的症状。佐藤目不转睛地看了一会儿记录。

"肩膀以下的整个手臂都给他冷敷,一刻也不能停歇,旁边不能离开人。"

川村回答:"是!"

"有食欲吗?"

"至多是平时的三分之一。"

听了看护兵的话,佐藤若有所思地停住了脚步,然后又好像改变主意似的离开了病房。

三天以后的三月三十一日,天皇陛下莅临大阪临时陆军医院视察。天皇陛下在内阁顾问木户孝允的陪同下从京都驾到。

当时这所医院一共收容了两千四百名伤病员,为此对他们发布了一个通告：不能起床的可以躺着迎接，其他人必须起床迎接。按照规定，小武起床，寺内卧床。

"只要扶我起来，我就能坐得住。求求你扶我一把。"

那天早上寺内悄悄地央求小武。

"不行！你在发烧，你这么做不要命了。"

"没有关系，能够端正姿势迎接陛下，那就死而无憾了。"

"镇静！别逞能做一个短命鬼。你以后的路还长着呢。"

"妈的，不要以为自己身体好就自以为是地跟我说话。"

"你说什么呀？我这是为你好，真不知好歹。"

脾气真犟！

小武真是受不了。

"哎呀，早知今天，还不如当初把这只手臂剁掉算了。"

寺内在被窝里蹬脚，小武不理不睬地背过身去。过了一会儿，寺内苦苦哀求地说："小武，扶我起来吧，一辈子就求你这一次。"

小武还是没有搭理他，他背朝着对方，心想自己的一片好心寺内总有一天会明白的。

遵照医院的规定，小武和寺内一个端坐在床上，一个卧在床上迎接天皇陛下驾到。伤员中有挣扎着要起身向天皇敬礼，结果却因扯到伤口疼得趴了下来。明治天皇在视察第一病房时发现了这个情况，于是说："朕来看望各位，苟有患者为了正坐平卧以示敬礼而增加伤处疼痛，则非朕之本意。你让患者体味此意。"

石黑院长立即退下，事先向其他病房的伤病员传达此通告，禁止不必要的正坐。

小武知道陛下走过寺内身边的时候他哭了。

到了四月,樱花盛开了。小武手臂上切口的炎症已经完全止住了,肿胀也消失了,手臂比当初细多了。他在浴缸里把肌肉泡暖之后,以肩膀为轴不停地转动手臂,用手臂切口击打脚垫以增加皮肤的强度。小武进入了所谓后疗法的阶段。

可是寺内的病情却不见好转,高烧一直不退,曾一度担心会发展到败血症了。在军医和看护兵彻夜不眠的护理下,高烧总算被控制住了,可是低烧却一直缠绕着他,脓汁也不见减少的迹象。每次换纱布一碰到创口深处的神经,寺内就不停地呻吟,苍白的额头上直冒虚汗。

看着在发烧和疼痛中苦苦挣扎的寺内,小武心里不是个滋味。动手术前寺内是一个性情那么活泼、无话不说的人,可现在变得沉默寡言了。低烧一直不退,身体不适当然是原因之一,但是不光是这样。两人的病情相差甚远而导致他们的心中产生了隔阂。

他与寺内情同手足,从教导团时代开始就是同期,他们总是互相勉励,当然也曾互相竞争过。如果听到对方哪怕比自己早晋级了一天,心中就不爽快。可是两人几乎都是同时晋级,或许小武略早一些。小武不仅勇猛过人,而且在学识上也绝不比寺内逊色。

可问题是现在两人的病情有天壤之别。

小武心里在琢磨这件事。一方可以随心所欲地活动,而另一方则是卧床不起。正因为手术前伤情半斤八两,差距就更加凸现出来了。

怎么会这样呢?

小武不认为佐藤医监和川村军医处置有误,自己被截肢,而寺内的手臂被保住了,无疑有相应的道理。作为一个对医学一知半解的军人是没有资格再往下深究这个问题的。

不管怎么说我已经失去了手臂,可哪怕是个摆设,好歹他还有手臂啊。

小武意识到这一点不禁苦笑了起来。一个失去了手臂的男人和具有一个废手臂的男人可谓半斤八两,就这个问题患得患失纯属无稽之谈。身体上有了残疾,考虑问题都小家子气。小武为自己有这样的想法而感到惊讶。

四月过半,落英缤纷。这时小武接到转院的命令。虽然还需要进行肩膀的活动练习和按摩,可是并不需要特意留在陆军临时医院。

转院命令上写着:"在东京陆海军医院接受门诊治疗。"小武把它装进包里整理好了行装。

"你要走了?"

寺内躺在床上问道。他脸上有了点血色,胃口多少好了一些,可是大部分的营养都化作浓汁排泄掉了。

"我没有明确的着落,暂且在东京接受治疗。"

想到伤愈后的日子,小武心中忐忑不安。

从今往后自己不过是一个独臂残疾人了。

寺内一反常态怪里怪气地说:"谢谢你的照顾。"

"别说傻话,什么忙也没有帮上。"

"你在,我心里就踏实。"

"我也是。"

小武一边说心里一边想:寺内病情的恶化对自己来说也许是一种补偿吧。

"我也想离开这里。"

"不用到夏天就能出去了。"

"不,照这样下去怕是出不去了。"寺内在病床上凄然地说,"这个治不好的。"

"没有这回事。"

"不,自己的身体自己最清楚。"

寺内又重复了一遍,于是小武就无话可说了,因为小武也是这么认为的。

第二天,小武最后一次接受了佐藤医监的巡诊。佐藤轻轻地击打那只像研磨杵一样的残肢,让小武舞动几下后,说:"好,没问题了。"

"谢谢。"

"战争不久就结束的话,我也会回到顺天堂,所以我们或许在东京也能见面。"

"到时候请多关照。"

佐藤点点头,趋步到寺内跟前。看护兵解开了绷带,连续几天淤积的脓汁把创口的四周泡得软绵绵白乎乎的。佐藤默默地清理伤口,又重新塞进纱布。当看护兵再次给他卷上绷带的时候,寺内霍然用左手支起身体。

"佐藤医监,我求您一件事。"

"什么事?"

"请把我的手臂截断!"

"……"

"拜托您了。我想和小武大尉一样早日康复重新为国家效劳。"

佐藤木然地望着窗户,随即一言不发地离开了病房。

"医监,医监!"

寺内大声叫喊,可是佐藤没有回到病房来。寺内又大喊了一声后,用拳头捂着眼睛趴倒在床上。

当年即明治十年五月初,小武敬介回到了东京。从去年开始,神风连之乱、秋月之乱、荻之乱接踵而来,全国各地叛乱四起,社会形势动荡不安,可是东京到底是首都,化解了这些叛乱,显示出它不可撼动的强大。小武暂且寄宿在本所小梅的叔叔家,每隔一天去一次位于下谷的陆海军医院接受按摩。

他刚一回到东京就收到陆军省发来的一封任免证书,上面写着"编入预备役"的字样,这是预料之中的事。

这比残废军人要强。

任免证书的字样简明扼要,透露出几分冷淡。所谓预备役即是库存人员,一旦发生紧急情况随时会被征用。

虽然没有右手,可还有左手和双脚。对了,还有脑袋。

小武面对在这一带独霸一方、官运亨通的军官,心里是不服输的。

伤病员可以得到伤残军人补贴的赏赐,靠这么一个男人足以衣食无忧。可是伤病治愈了,两天跑一趟医院的生活让他闲得不知如何打发剩余的时间。起初他还温习温习兵书,用左手握着木刀比画几下,可是坚持不到一刻钟就提不起精神来了。一做这些,一种难以言状的空虚感就会向他袭来。

注意力集中!

尽管他反复告诫自己,可是却无济于事。

反正是个预备役,为了不知猴年马月的事瞎起劲也是白搭。

正因为小武是个秀才,马上就能明白事情的曲直是非,一眼就能看到今后的走势。这方面他与寺内那样的单纯的血性男子有所不同。舍命也要正襟危坐迎接陛下,切断手臂尽早地报效国家,寺内的这种心情他能够理解,却不能苟同。

尽说些有勇无谋的话。

小武觉得寺内的说法鲁莽有余。

开头的一个月里,由于从大阪返途的劳顿和独臂所带来的不便,小武并不感觉到无聊,可是随着适应了新的生活,小武愈加无所事事了。

军旅生活从起床到就寝,一切都有时间上的限制,几乎没有自己支配的时间。虽然军纪严明,可是他没觉得怎么不自在。非但如此,他还主动地约束自己。

这是因为他心中有一个明确的目标:要做一个好军人。

一旦目标变得模糊,失去了束缚,他顿时感到自己苍老了,成了一个无依无靠的人。

这可如何是好?

在百无聊赖中一天又一天过去了,可是他除了增加自己的焦虑之外,却无力改变这种生活。

难道我就像行尸走肉一样地过一辈子吗?

去医院的那天还算好,打一个来回加上治疗可以消磨掉不少时间,可是不去医院的那天就闲得没有事情可做。在旁人眼里,能白吃白喝不干活有派头,可对他来说是一种痛苦。

不知道寺内怎么样了。

这时他突然想起了寺内。

还是在受伤痛的折磨吧。

唯独这么想的时候小武才感到一丝解脱。

六月的一天,小武心不在焉地翻了几页兵书,不到一刻钟就离开书桌四脚朝天地躺了下来。初夏的阳光透过隔扇照进他的房间。这间房子位于一条小路的尽头,很少有人光顾,突然传来一阵由远到近的脚步声。

"你在吗?"这是叔叔的声音。

"请进。"

听到叔叔的声音小武才知道今天是星期天。叔叔曾经是一名叫作"代官手代"的下等士族,后来在新政府找门路,于内务省谋到一职,算是一名政府官员,可是他作为见习判任官,身份十分低下。

"伤口怎么样?"

"谢谢叔叔,到这个月底就不用再去医院了。"

"那太好了。"

叔叔环视了房间一圈。这是一个献身于军队的独身男子的陋室,没有什么像样的东西,只有靠在小桌子旁边的军刀让人感到有些不同。

"我想你应该不会忘记的。"

"什么事啊?"

"我说的是本庄睦子那个女孩子。"

"嗯?"

小武装腔作势地支吾着,其实他岂止没有忘记这个女人,甚至几次想跟叔叔打听她的近况,可是话到了嘴边又缩回去了。回到东京还没有见过一面。

"我心里牵挂着这件事,前几天去了一趟本庄家。"

"是吗?"

"你喜欢那女孩吗?"

"哎,这怎么说呢……"

一提到女人,勇猛果敢的青年大尉顿时像是换了一个人,臊得脖子都红了,腼腆地垂下了眼睛。这副模样与他宽厚的肩膀极不相称。

"想必是喜欢吧?"叔叔叹了一口粗气,把双手叉在胸前。

"那么她身体好吗?"

"嗯,我正想跟你说这件事,最近她身体一直很虚弱,说是去盐原疗养了。"

"生病了吗?"

"听说是什么抑郁症,好像是一种棘手的病。"

"那么她一直在治病吗?"

"不,最近才去医院看的,好像不是一年半载能治好的。"

睦子细挑的个子,长得小巧玲珑,黑黝黝的皮肤,看上去很健康。她性情开朗,凡事都很恬淡无欲,非常符合商家小姐的个性。她患上抑郁症,小武有点想不通。

"抑郁症可是很难治愈的病啊。"

"叔叔!"

小武突然坐正,重新看了叔叔心神不定的脸一眼。

"就是说要解除婚约,对吗?"

小武察言观色的能力比别人要强一倍。

"不,还没有到这一步……"

"明白了,没有关系。这件事我也正想主动向她提出,就这么办吧。"

小武瘦骨嶙峋的脸庞眨眼之间变得铁青。

"我磨破了嘴皮也见不到她本人,她父母一口咬定她病了,所以我也是莫名其妙。"

"那是在讥讽我成了残疾人吧?"

"可是当时是板上钉钉的事啊。"

"小市民的女儿哪有什么承诺可言。"

小武虽然这么说,可是心里泛起一阵酸痛。他感到头晕目眩,有点端坐不住了。

"这件事我明白了,请回吧。"

"你不要生气。"

小武孑然一人四脚朝天地躺在地上,金灿灿的阳光依旧从窗外照射进来,晃得人神志恍惚。这时传来一阵小孩子们踢石子的声音。

爱咋地就咋地。

五尺六寸高、六十多公斤的身材在当时可算得上是个彪形大汉。虽然他没有留胡须,可是五官端正,轮廓分明,是一个一表人才的男子汉。也许正是小武堂堂正正的相貌打动了睦子的芳心,可是堂堂正正的相貌是建立在五体齐全的基础之上的。

恐怕以后再也见不到她了。

最后一次见到睦子是出征熊本的前一天,蝴蝶形的发髻下闪烁着一双笑盈盈的大眼睛。是父母在暗中操作还是她本人的意愿呢?越是想忘掉她,她那可爱的脸蛋越是清晰地浮现在眼前。

"连小丫头片子都捉弄我吗?"

小武自言自语地嘟囔道,一心想摆脱掉映在眼帘中的睦子的脸蛋,眼睛转向窗外熙熙攘攘的人群。

四

留在大阪临时医院的寺内,伤病如小武预料的那样,或好或坏,一直不稳定。

五月中旬,周围隆起了肉,创口也收缩成拇指般大小,看样子似乎马上要愈合了,然而到了月底创口的四周又泛起红润,变得软绵绵的了。

"开个小口子吧?"

佐藤医监拿起手术刀消完毒走了过来。

"还是要切开吗?"

"脓汁淤积在里面了。必须打通一条宽敞的通道把脓汁排出来,否则好不了。"

明明眼看着快要愈合了,又要把它切开,寺内心中愤愤不平。佐藤用手术刀上下轻轻一划,脓汁就猛地了溢出来,就像是挣扎着要从里面出来而又堵住了出不来似的。伤口又回到以前的状态了。

"恶化了吗?"

"不,这伤就像座火山一样,细菌在底层蠢蠢欲动,说不定什么时候会爆发出来,并不是恶化了。"

寺内张口结舌地看着从自己的手臂中流出的脓汁。

在寺内这种性格单纯而不易起疑心的男人身上进行实验性的手术,剔除手臂里的碎骨,佐藤认为是一种妥当的处置方法。如果换成一个谨小慎微、疑神疑鬼的男人,说不定就不相信医生,或者在极度的绝望中做出什么出格的事情来。

不过,最近寺内的想法渐渐产生了一些变化。当初他是觉得做完截肢手术早日出院为好,可是当他得知小武被编入预备役的消息,开始觉得截肢未必是上策了。伤痛和不时地发烧的确困扰着他,可是他还是想遵照医嘱再坚持一段时间。

　　小武一有空闲就外出,几乎每天都沿着隅田川河岸走到浅草,有时甚至溜达到上野。虽然漫无目标却也乐此不疲。如果一直关在家里,那么这一天就太漫长了。

　　叔叔实在看不过去,于是给他找了两三份工作,可都是类似官员的下人、官邸的门卫之类的工作。即便是失去了一只手臂,小武对自己的才能还是充满信心的,这些工作对他来说是不屑一顾的。

　　大家都欺负我是残疾人。

　　小武沮丧得难以入眠,于是悄悄地拔出了军刀。单手拔刀不是一件容易的事,所以他用双脚夹住刀鞘用左手拔刀。

　　简直像头畜生。

　　看到自己这副狼狈相,小武感到很气愤。在烛光的照耀下,军刀闪烁着一如既往锐利而漂亮的寒光。

　　它和我都怀才不遇啊。

　　这天晚上小武梦见自己的手臂回来了。

　　虽然不是就诊的那一天,小武有时也会去陆海军医院的候诊室中无所事事地坐在椅子上。外面的行人都是五体齐全的人,可是一到医院,身体健全的人就屈指可数了,满目都是自己的同类。缺胳膊少腿的人有之,失明的人有之,卧床不起的人有之……少一条胳膊的人还算程度轻的。每个人都是为国家挂的彩,因此是一种荣誉,在这里每一个残疾人都是神气活现的。

　　寺内这家伙到底怎么样了?

小武每当看见手臂上打着夹板的人就想起寺内。既然没有他出院的消息,那么伤口肯定还在化脓。

这家伙真够背的。

这样耽误下去,失去了截肢的机会,弄得不好恐怕会从肩膀开始把整个手臂卸掉吧。小武回想起寺内那张苍白的长脸。

坐了十五分钟,看见一个穿白衣服的患者在视野中消失后,小武站立起来,在街头游荡时的孤独感已经烟消云散了。

走出医院正门右拐的时候,一辆人力车停下来,上面走下一个男子。他从车篷里缓慢地伸出右脚,同时放下拐杖,看准了右脚着地后左脚才着地。他穿着西服,戴着一顶圆顶硬礼帽,可是小武一眼就认出来这个人是陆军少佐中山武亲。

"中山少佐!"

小武呼喊的时候,袖兜里木棒状的右臂摆动了一下,他是想用右手敬礼。接着他慌忙放下抬起的断臂用左手重新敬了个礼。

"是小武大尉吧。"

中山站在原地从头到脚把小武看了个遍。

"你胳膊没有了啊?"

"是。"

中山武亲是小武离开教导团后第一次分配到近卫步兵联队时的中队长。当时中山是大尉,小武是下士。打那以后中山调到旅团司令部,在一次军事演习中不慎落马摔折了右腿就退役了。

"少佐您好吗?"

"右脚还是伸不直,可是好歹能走路。今天是半年一度的定期体检日。"

中山微微踮起脚站着。

"真奇怪,我们竟然在这儿见面了。"

他在中山手下的时候最有干劲,洋溢着青春的活力和热情。

"那么你现在在干什么?"

"没有做什么,只是……"

"是预备役吗?"

"是!"

中山一眼就察觉出了一切。他觉得这么优秀的男人真是太可惜了。

"你想不想在我手下干?"

"嗯?"

小武在纳闷,在一个退役军官的手下能做什么呢?

"这回我们组建了一个叫偕行社的团体,你愿意在那儿工作吗?"

"偕行社?"

"检查完了我跟你详细解释,你在这儿等我。"

"是!"

小武不知所云地回答道。看见中山,这唤起了他当时在近卫步兵联队时的亲切感,并且还感受到一种同病相怜的命运。

明治十年一月三十日,东伏见宫嘉彰亲王及十六名军官集结在陆军少将曾我祐准官邸,商议结社事宜,这就是偕行社的起步。

在陆军省发表的声明中,有一段文字简明扼要地阐明了偕行社成立的宗旨,其中反映了当时结社的目的,其内容可以概括如下:

加强帝国陆军军官的团结,增进和睦,培养军人精神,刻苦钻研学术。与此同时谋求社员间道义上的援助,为军人、军属提供方便。

海军军官之间也有一个类似于此的友好团体叫"水交社",这个团体成立于明治九年,比"偕行社"早一年,是在芝山内真乘院宣布成立的。

"偕行社"一词源于《诗经·无衣》中的一句话:"与子偕行。"当时筹备工作的负责人是陆军大佐小泽武雄、中佐滋野清彦、少佐斋藤正言三人,他们着手编写社规,进行成立的各种准备工作。他们既不是退役军官,也不是伤残军人,而是堂堂的现役军官。

也就是说,所谓社员是偕行社这个俱乐部的成员,中山是在这儿工作的职员的头领,即担任秘书长一职。

第二次世界大战期间,偕行社规模极其庞大,业务的范围涉及军人告谕、军人名册、兵术书的出版、军需品的销售及宾馆客房的租赁等,可在当初还只是一个陆军军官集会的场所兼学堂。

"虽然不是军队,可是精神是一致的。"

正如中山所言,它是军队的一种外围团体。

"请务必接纳我!"

这对小武来说,是一个求之不得的工作岗位。在这里工作,作为一个伤残的帝国军人一点也不觉得羞耻。当天他一回到家就写了一份简历。

五

偕行社位于九段的坡道上,那是一幢蛋黄色的二层洋楼。在西式建筑还属于稀罕物的当时,这幢楼显得很时髦。

参与偕行社成立的人为数不少,可是实际上在这里工作的旧日军官包括小武在内还不满十个人。他们都是在戊辰、函馆、西南等战役中负伤的人员,其中小武年纪最轻。就退役时的军衔而言,比他低的中尉和少尉各有两名,可是由于他们退役得早,如果没有在战场上负伤,军衔自然要在小武之上。因此在这里退役时的军衔几乎没有意义,而是根据授衔的年月日决定上下级排序。

他的工作是图书员,军官们来这里读书的时候由他办理借书手续,这相当于现在的图书管理员的角色。虽说是图书,但大都是西方军事学的书籍,其他是国史略、日本外史、政记,夹杂着一些外国的军事学杂志。这些书籍虽然市面上也能看到,但如凤毛麟角,并且价格不菲。

社员,也就是说是俱乐部会员的军官们,军务之余抽空来这里读读书,在会所聊聊天,打打桌球,下下围棋、象棋。所谓俱乐部,本来是由于一些西方绅士在家庭生活中对女眷有所顾忌,而为清一色的男人聚集在一起可以随心所欲地消遣而设立的娱乐场所。不仅是会员,甚至这里的工作人员原则上都不能是女性。从这个意义上来说,日本的男性是无须设立"俱乐部"的。总之,偕行社是当时新式军官们耳闻目睹了西欧式的俱乐部而创建的。

随着来偕行社上班,小武便搬出了叔叔家,在上野谷中一带租了一套独门独户的房子。这套房子不大,只有两间六张榻榻米大小的房间和厨房及洗碗池。一个男人居家过日子很费事,所以他找邻居点心店的女子帮忙做家务。

回东京以后,小武的生活曾一度杂乱无章,来偕行社上班以后生活又恢复了平静。他和当时的官员一样留着胡须,身穿立领的制服。这件制服衣袖长得晃荡,明显地让人看出没有手臂,所以回东京一直没有穿过。进了偕行社以后没有必要藏着掖着,来这儿的军官看见他袖子里短缺的右臂,一定会向他行注目礼以示对战场上挂彩的伤员的尊敬。

小武来偕行社三个月过去了。九月二十四日西南战争以城山之战降下了帷幕。士族们发起的这场最后的反叛中,西乡军纠集了三万兵力,征讨军出动了五万八千兵力。随着这场战争的偃旗息鼓,明治政府确立了统治地位。凯旋的部队纷纷返回东京,于是加入偕行社的会员增多了,会所也随之热闹了起来。

聚集在这里的军官中有些是小武的熟人,大都是时隔半年或一年邂逅相逢,他们一门心思地谈论在西南战争中立下了什么战功或者得到了什么赏赐。

"你在哪儿挂的彩?"

"植木坡。"

"是吗?那里也打得很激烈啊。"

听见小武的答话,几乎所有人的眼睛都为之一亮。作为熊本城救援最大的激战地,这个名字无人不知。亮出自己负伤的地点就能得知这个男人的勇猛程度,小武充分地感受到了中山所说的那种不是军队胜似军队的热烈氛围。

秋天到了,晴空万里。早晚凉意袭人的时候小武的残肢就隐隐作痛,不过创口并没有什么异常。为了御寒他在残肢上缠上棉花,外面又用绷带紧紧包裹住,采取了保温措施后手臂就不再疼痛了。

这一年的十一月中旬的某一天,卫兵来告诉他有一个叫寺内的男子来见他。

"寺内?"

叫这个名字的只有那个临时医院的病友。

"那人缺了一条手臂吧?"

"手臂?齐全的呀。"

"什么?齐全的?穿的是便服吧?"

"不,是肋骨服。"

所谓肋骨服,是当时的军人穿的黑底横条的军装。小武狐疑满腹,心里直纳闷儿。随即他径直朝大门走去。

一个人站在门口前面的石阶上,他正是寺内寿三郎,并且穿着陆军大尉的军装,从衣袖口里确实露出了手掌。

"好久不见。"

寺内那张有特色的长脸上露出和蔼可亲的笑容。

"你回来了?"

"十月底出的院。"

小武重新看了看他的右手,确实是人的手。

"治好了吗?"

"不,没治了。"

"怎么回事?"

"装了个支架。"

"行,进去再说吧。"

时隔半年了,寺内脸蛋也晒得黑黝黝的,嘴边留着浓浓的八字胡。这在以前,他是没有底气留的。

"看看吗?"

一进会客室,寺内就单凭一只胳膊利索地脱下了衣服。右臂从袖口露出,内衣的袖子在肩胛的位置被裁剪下来,绷带从肩胛一直包裹到上臂的当中。并且肘部的上下覆盖着厚实的皮革,内外两侧架着粗大的金属支架。

"是用这个夹住下臂的。"

寺内开始解开带着金属配件的皮带。

寺内笑吟吟地说:"用这个把肘部固定在稍微弯曲一点的部位,看上去就像普通的手了。可以说是一种小戏法。"

"不过把支架一解开,就成这样了。"

支架解开后手臂顿时晃悠悠地垂了下来,寺内"嗨哟"一声把它提起,放在桌子上。

"那么伤口好了吗?"

"好不了,还在流脓,不过比以前少多了,一天换一次纱布就够了。"

"手指呢?"

在小武的询问下,在桌子上轻轻攥着的手指隐隐约约地张开又合上了。

"哎,有和没有一样。"

"这玩意儿真够绝妙的。"

小武对这个用皮革和金属配件制作的装置赞不绝口。

"这是佐藤医监设计的。国外做得还要精致呢。"

这就是现在常见的骨伤固定支架的前身。现在的支架金属配件也变得轻巧多了,性能也有所改良,稍微用力关节就能够弯曲到必要的位置。

"那么,你接下来有什么打算?"

"跑跑医院,休整一段时间。战争刚结束,一时半会儿不会再打了吧?"

寺内一边说一边把拆开的装置重新装上。

"有香烟吗？我忘带了。"

"嗯,有。"

小武从口袋里掏出香烟,把桌子边上的火柴拿了过来。

"是卷烟啊,这可是稀罕物啊。"

在当时卷烟很少能见到,小武也是因为在偕行社这种时髦的地方工作才能弄得到。

"这玩意儿比吸烟丝方便啊。"

小武划着火柴,可是火柴盒没被摁住,只见火柴盒在桌子上滑来滑去,点不着火。他又试了一次,结果还是一样。

"我来吧。"

寺内用搁在桌子上的右手摇住火柴盒,用左手划了一下火柴就点着了。

"嗯,好香啊。"

寺内张开嘴巴,吐出一大口烟。小武盯着寺内那只拿着火柴盒的略微发青的右手。

确实是一只活手。

在他看来寺内的右手简直有魔力。已经死掉的手复活了。虽然肘部不能动弹,手指的力量也很虚弱,可那真真切切是寺内自己的手。看着看着,不知不觉中他感到自己不可挽回地丢了一次脸。

"我退役了,这里能不能雇佣我？"

寺内问道,他对小武的心思浑然不知。

"待在这里可不像是在军队里啊。"

"我不及你那么乖巧,除了当兵别的可做不了。"

"你可不能老这么说啊。"

"学会换衣服、用左手敬礼就够我受的了,其他的就免谈了。"

真是一个死心眼的人,不过光靠这一点是行不通的。

小武观察寺内笨手笨脚穿衣服的样子,刚才那种丢脸的心情得到一些释放。

明治十一年来临了。这年二月小武娶了个媳妇。妻子是神田木挽町河濑小十郎的女儿佳毓,今年二十一岁,和小武相差八岁。河濑小十郎是长州人,出身卑微。长洲之战中在小濑川口遭到幕府军的枪击,失去了右腿。照顾这样的岳父对他来说是轻车熟路,也不会有一般人对残疾人的那种嫌弃。

"脸蛋虽然不怎么漂亮,可是女人就要心地善良。那个姑娘准没错。"

撮合这桩婚事的偕行社秘书长中山武亲用这样的话鼓励小武。小武因为睦子而吃了苦头,兴致不高。可是拗不过中山的热心撮合,也心动了。

残疾人家的姑娘嫁给残疾人,冥冥中有种不解的姻缘。可是佳毓丝毫没有阴郁的表情,知道是残疾人却无所畏惧地以身相许,姑娘的这种举动打动了小武的心。而且,虽说有左邻右舍,可是找外人帮助做家务总有不便之处。

"咱们去银座的砖楼街看看怎么样?"

虽然是新婚宴尔,可两人都是大龄青年,看上去像一对常年相濡以沫的老夫妻。

银座盖起了砖瓦结构的洋楼,街头的景象正在发生急剧的变化。尽管是一块不足四丁的弹丸之地,牛肉火锅、煤气灯、马车……文明开化的浪潮正在朝这里涌来。他们两人从银座朝着新桥漫步而行。一走近新桥,又回到净是木头结构的住家。这时小武突然想起来这前面往右一拐就是练兵场了。

"过去看看。"

妻子默默地跟着过去了。从大马路一拐弯,一排排的住家突然矮了一截,人影也稀疏起来。旧房的残垣断壁和沟渠的遗迹一直向前延伸,穿过一排石头砌成的围墙拐过弯去,日比谷原的练兵场就一览无余地出现在道路的前方。教导团所在的士兵宿舍楼原封不动地保留着。一种亲切感油然而生,小武疾步朝练兵场走去,传来一阵阵士兵们的吆喝声和马嘶声。四周不再有民房了。

在一片杂乱的草丛的前方,豆粒般大小的士兵在奔跑,西边的一角尘土飞扬,好像骑兵队在操练,前方夕阳正在西沉。这就是小武从教导团时代到熊本出征度过了八年时光的地方。小武看得出神了,心里掠过一阵躁动,恨不得拿起剑奔跑起来。

我不可能再到他们当中去了。

小武茫然地望着练兵场前方那一片冬日的天空。

"别感冒了,回去吧。"

"嗯。"

佳毓似乎察觉出丈夫的心思,轻柔地招呼他。小武还是披着风衣系着围巾,纹丝不动地兀立在那儿。

当年的五月三十一日,寺内就任户山军官学校学生司令副官。

小武是十天以后在偕行社从中山秘书长那儿听到这个消息的。

"真的吗?"

"假不了,这里登出来了。"

中山递给他一份公报,上面清清楚楚地写着寺内寿三郎的名字。反复看了几遍,同样如此。尽管这样,小武还是难以置信。

"他胳膊应该是不好使的。"

"不好使是不好使,可是还在啊。"

还在……

小武愣在那里一言不发。他的胳膊确实还在,那不是其他人的,而是寺内本人的。

"还在就另当别论了。在和不在完全是两码事。"

"可是那只胳膊……"

"这岂不是件好事吗?他就不至于退役了,你应该为他高兴才是。"

"……"

"现役也好,退役也好,同样都是为国家效力嘛。"

寺内攥着火柴的那只有魔力的手又浮现在他脑海里。好像有一个东西开始强劲地蠕动,小武觉得这个看不见摸不着的东西正在一点点地把自己和寺内扯开。

六

偕行社的会员与日俱增,热闹非凡。于是军官们希望能在会所举办宴会,提供餐饮服务。偕行社就这个问题研究认为,为了军官们更好地休养生息,提高将来重新奔赴战场的士气,提供饮食是顺应时局的事情。

如果要提供餐饮,必须在现有人员的基础上增加厨师、勤杂工、清洁工等。因此又从社会上招聘了十多个人,小武被推选为这个部门的主管。这项工作不同于单纯的会所事务,包括财务、接待、烹饪在内等一系列生疏而棘手的内容,中山秘书长对小武无所不能的才智大加赞赏,才特意对小武委以重任的。

在当时除了日本酒以外,西洋酒也开始博得一部分人的青睐。继大阪的啤酒厂之后,在札幌也正在建造一家新的啤酒厂。食品方面同样如此,随着牛肉的普及,洋点心、面包、水果等也开始趋于大众化。

"统统都给我拿上来,越多越好。"

军官们个个趾高气扬,而且出手阔绰。他们大吃大喝自然不在话下,讨论问题也是激情四溢,常常争得面红耳赤。

虽说是餐饮部门的主管,可小武自然不必在现场事必躬亲,但是作为主管,对宴会申请单、采购费必须要一一过目。

我终于堕落成一个商人了吗?

会场的喧嚣声传到了他的房间里来,小武看着账本,不知不觉中感到孑然一人的孤独。

寺内怎么样了?

他本想把寺内遗忘掉,可是情不自禁地想起了他。他仍旧驰骋在习志野练兵场吗?这时骑兵队卷起的滚滚尘土、士兵的吼叫声又浮现在他的脑海里。

自己又不是军人了,现在想这些有什么意义呢?

小武定睛看着账本,似乎要拂去刚才一刹那的思绪。上面写着"牛肉十贯""啤酒两打"等字样以及一排排细小的数字。脑子再走神,现实的工作是要把账本查完。别小看这个偕行社,如果只是炫耀自己过去的荣光,而不具备处理事情的能力和对外打交道的能力,这样的军官就逐渐地沦为一个窝囊废。

新开设的西式餐厅得到相应的好评。以前每逢聚会,军官们都是坐着,所以对他们来说,站着一边吃喝一边交谈的形式很受欢迎。

偕行社本身是陆军省包办、社长由陆军大臣兼任的组织,自然无须像民间的公司那样考虑经营得如何、利润多少,所以说容易也容易。可是在当时对西方了解甚少,所以要把五花八门的西式菜肴搬到餐桌上并不是现在想象得那么简单。

小武偷闲找来一些关于晚宴的西洋书籍埋头苦读。当时西式的宾馆只有位于筑地舟板町的筑地宾馆一家,帝国宾馆还在建造。小武是凡事都一板一眼的性格,在西洋的知识方面也是出类拔萃的,所以对偕行社来说,他成了一个不可多得的人才。

明治十四年的春天,小武家第二个孩子诞生了。老大是女孩儿,这回是个男孩儿。随着新生儿的问世,家中突然间变得热闹起来,可是小武却无心享受天伦之乐。

我要回军队去。

他还没有完全割舍这个梦。

那家伙回得去,我为什么回不去?

想到这里,小武顿时懊恼得难以自拔。

前不久寺内于明治十二年二月晋升为陆军少佐,同年二月被授予准六位的位阶,并且于明治十四年末升为军官学校学生司令。

自从在偕行社重逢以来,小武和寺内再没照过面。上次是寺内主动找上门来的,按道理小武也应该回访他一次,论工作寺内不知比自己要繁忙多少倍。

然而小武却没有勇气造访,寺内的身边聚集着不少与他同一个时代的军官,小武觉得自己与他们之间悬殊太大了。

不过小武的这种想法有牵强附会之嫌。因为小武已经退役了，不可能晋级了，可寺内他们是现役军人，晋级是情理之中的事。静态的东西和动态的东西原本是不能放在一个平台上进行比较的。应该把军衔级别忘在脑后，作为为国效忠的勇士相处就可以了。不论小武现在怎么样，寺内他们并没有歧视或冷落他，更何况寺内是一个没有恶意的人。可是小武脑子却转不过弯来。

以前他不如我的。

小武心里很自负，从下士到尉官时代自己比寺内出色得多。兵术上也好学业上也好，寺内根本不是自己的对手。他心想绝对不能输给这个男人。从表面上看他们是好友，可是在心底小武根本不把寺内放在眼里。这种妄自尊大的心理驱使着他不能作为偕行社的一个办事人员腆着脸皮地去找他。

总之，有了胳膊就成。有没有胳膊的代用品？

以前他在社里不经意读过一本西洋书籍，他在苦思冥想之余，从书中找到了这样一段文字。

十六世纪的德国骑士盖茨战场上失去了手臂，可是他自己动手制作了一只假手，用它拿起长枪重新奔赴战场立下了卓越的功勋。

去找佐藤大夫，或许他会帮我出个主意的。

这个念头一闪现，他就坐立不安了。西南战争已经结束，佐藤进回到了东京的顺天堂医院。

第二天下午，小武请假去汤岛的顺天堂医院拜访了佐藤进。

"我叫小武敬介，在大阪临时医院佐藤大夫给我做的右臂截肢手术。"

他向前台报上自己的姓名。佐藤进当然记得他，小武颇感诧异。佐藤在陆军医院每天要接触几百号病人，居然还记得自己。

"你是和寺内大尉在一起的吧？"佐藤院长似乎是通过寺内回想起来的。

"他来过您这儿吗？"

"你和寺内君打那以后没有见过面吗？"

"是的。"小武撒了个谎。

"他装上个手臂支架出院了。听说他前一阵当上少佐了。"

"那么他的伤口……"

"恢复得很好，有一阵子还以为不行了呢。"

"什么时候的事啊？"

"两年前，明治十四年，他来跟我说起要担任军官学校学生司令的那会儿。"

小武心中对寺内燃起一股莫名之火。

"打那以后都两年了。伤口没有绽开的迹象。"

"这么说，已经……"

"没问题了，觉得他没问题了才准许他去法国的。"

"他要去法国？"

"你不知道吗？他被提拔为闲院宫载仁亲王留学巴黎的副官，应该是下个月出发。"

小武哑口无言。这究竟是怎么回事？为什么好事情都让他一个人摊上了？小武现在还在勤学苦读，偕行社里的所有的图书他几乎都读了个遍。他自信学问上也好，见识上也好，没有人可以与自己匹敌。他通过自学可以读懂洋书，难以想象寺内比自己更能读懂洋书，更何况他不可能会说一口流利的法文，居然陪伴皇族出洋?

这太岂有此理了。

小武想大声吼叫。齿轮似乎同时朝着光和影两个方向徐徐地却是稳当地开始转动了。

"你有什么事?"

佐藤总算把话锋转到小武身上来。

"说真的,我来是想配一个手臂的代用品。"小武一边露出皱巴巴干瘪瘪的手臂断面,一边讲述西洋骑士的故事。

"这在欧洲确实做得到。不过在日本假脚可以做,假手还不行。"

"假脚可以做,为什么偏偏假手不行呢?"

"这是因为脚的功能比较单纯,只是支撑身体站立和行走。简单说来,在截断的脚上只要绑上一根竹棍多多少少就能派上点用场。可是手的功能有攥住、放开、扭转、抬起、甩掉,等等,比脚要复杂、高级得多,并且不能像脚那样分量上重一些也无所谓。如果用铁等材料制作,吊着手臂的脖子和肩膀就会弯曲,久而久之脖子和肩膀也会发生病变。"佐藤说的确实在理,可是小武不能就这样打退堂鼓,佐藤是他唯一的寄托。

"能不能请您再想想办法?"

"太难了。"

佐藤歪着脑袋在思索。从侧面看去,那张富有学者气质的端庄的脸部边上的白发开始明显增多了。

"分量重点也没关系。"

"我觉得唯一的办法就是做一个摆设的假肢。它不能代替手的功能,只能让人看着感觉到它存在。"

"用什么材料做?"

"用木头或者竹子削成,一根根手指都这么做。"

"可是不能活动吧。"

"当然……可是把手放在上面,可以压住纸张之类的东西。"

"只是纸张吗?"

"上面贴上皮革,再戴上手套,看起来就像真的一样。"

光凭能压住一张纸是不可能重返现役军人的行列中的,并且这样的手是不通血液的木头手。

那家伙的手确实活动了。

小武回想起寺内拿起火柴的那只手,怎么看也不像是纯粹的摆设。

"那就没有办法了。"

"总有一天日本也能配上假手的,到时候我跟你联系吧。"

"拜托您了。"

小武一边鞠躬一边告诉自己,两三年之内配不上的话就没戏了。

寺内在法国逗留期间晋升为陆军中佐,明治十九年他一回国就当上了陆军大臣秘书官,并且在第二年的十一月晋升为陆军大佐,同时被任命为陆军军官学校校长。

小武是在结束了一天的工作正准备回家的时候得知寺内的消息的。他把右边的短臂伸进风衣里愣愣地站在那里。

那家伙把我越甩越远了。

小武知道自己确实是落伍了,随即又像从梦中恍然醒来似的穿好风衣,默默地走出房间。

"您回去吗？我和你做个伴吧。"

在出口处有人和他打招呼,这人是去年新来偕行社工作的伊藤诚吾。伊藤毕业于军官学校,第二年在习志野演习的时候失足掉进一个坑洼里,折了右脚的髌骨。从此脚短了一寸五分,变成了一个瘸脚男人。他和小武相差十五岁。

十一月份的下午五点钟,暮色已经笼罩着四周。离开单位,右边可以看到九段上的灯台。在云彩急速飘动的天幕中,灯台的火焰泛着红晕。

"小武先生,听说您在教导团和寺内大佐是同一届吧？"

快上坡的时候伊藤问小武,伊藤也得知了寺内当上军官学校校长的消息。

"你是寺内君教的吗？"

"是,我做学生的时候他还兼任舍监,他很严厉。"

"是吗？"

小武很难想象寺内调教年轻军官的样子。

"寺内大佐和小武先生一样被击中了右臂对吗？听说他是田原坡之战的幸存者。"

坡路陡峭。伊藤腿脚不便,下坡的时候他佝偻着腰,身体几乎与地面成平行线了。小武不时地停下脚步,等伊藤追上来。

"骨头粉碎了,可是听说只有他拼命请求医生不要给他截肢。"

"你说什么？"

"哦,对不起。我也是从学长那里听到的。"

伊藤意识到小武只剩一只手臂了,连忙改口说。

"听说陛下光临大阪临时医院的时候,寺内强忍着高烧,起身端坐迎接陛下。"

"……"

这些话不可能是寺内亲口说的,他不是这样的男人。当时在医院的某个人说给了其他人,一定是一传十、十传百地变成了现在这样。世道真是说变就变啊,小武觉得这种变化太滑稽了。

"他右手不能动弹,但是他改用左手敬礼,那副样子好酷啊。"

"左手?"

"可不是吗?大家都用右手敬礼,只有他用左手。从那举手的样子能看到他昔日勇士的风采。"

"是吗?"

"大家都这么说呢。"

小武心想,走运的男人不论做什么,在别人的眼里都不同凡响。

"他从教导团时代开始就一直很出色是吗?"

"是啊。"

"了不起的人从小就与众不同。"

听着伊藤的话,小武不知不觉中产生一种错觉,说不定伊藤描述的寺内才是他的本来面目,自己了解的寺内只不过是一种幻象。

"总之他是个非常讲规矩的人,我们哪怕归宿晚了十分钟也会被关禁闭,衣冠稍有不整也会罚你不许外出。凡事都得循规蹈矩,否则他就会生气。他几乎每天都逼着我们在练兵场拔草或者在校园里铺碎石子。发现题着'陆军军官学校'的牌匾生锈了,于是特意到财务部领了钱,把牌匾涂得锃亮,从四谷见附一带大老远看过去都闪闪发光的,也是他呐。"

"是吗?"

小武心想他这个人真够细心的,可是却没有说出口。

"别看他平时一副让人怕的样子,可一离开军务,却是一个重情义的人。这件事也是从学长那儿听说的。有一次请来个说书先生,为军官们的小聚会讲述《赤穗义士铭铭传》中赤垣源藏的事迹,其中讲到哥哥汐山伊左卫门费尽心机保护弟弟一段时,听见他说了声'受不了了',就用手蒙住眼睛站立起来。"

两个人总算走到坡下了,一位老妇人在坡道前双手插在腰间,人力车也停在这里,雇用壮汉从后面推着上坡。

"我崴了脚的时候他还特意来医院探望我,说了激励我的话。当时我真是打心底感激他。"

小武突然想说句话讥讽他一下。

"结果你怎么样了呢?"

"啊?"

"那么你的退役就得以幸免了吗?"

"这个,可是……"

"得了吧。"

话一出口,小武就为自己找碴儿泄愤而感到羞愧,伊藤默默无语地走着。右边壕沟的石头围墙上方的白墙面在夜幕中依稀可辨。

"从严整治、探望病情的故事不用再说了,在治学方面严厉不严厉?"

小武憎恨扎根在伊藤心里深处的寺内。

"学习上倒不怎么严格。他总是说有学问再好不过了,可是在军队里,和睦比学问更重要。"这种说法符合学问一般的寺内。小武一边听一边冷笑。

"他还说自己的信条是不违背天命。"

"不违背天命?"

这句话小武在口中重复了两遍,他觉得这句话隐约吐露出寺内现在的心态。

可我难道不也是这样吗?不是我违背了天命,而是天命违背了我。

对自己来说,天命岂不是太不合理了吗?天命可以由得它不合理吗?明明不合理却还要人服从吗?寺内,世上的人不都像你小子一样总是受天命保佑的。你小子向着光,我倒成了你的影子。想到这里,小武心里再一次涌上一股无法排遣的愤怒。

伊藤像是想起了什么似的说:"我是从教官那儿听说您的事情,来这儿之前就知道您了。"

"寺内跟你说起我吗?"

"是,下课后或者是茶后饭余的时候他常常说他的同僚中有一个叫小武敬介的优秀男子,这个男子在西南战争中不幸失去了右臂,后来进了偕行社。无论是学业还是武艺都远远在他之上。如果他身体健全,已经是将官了。还说这个人才埋没在一个意想不到的地方。"

"他当着大家的面说的吗?"

"是的,所以这位教官教过的军官都知道小武先生,出入偕行社的军官中寺内先生教过的人都……"

"住嘴!"

小武想把耳朵捂住。这家伙同情我,我可不需要什么同情。小武直视正前方,闷闷不乐地陷入了沉默。

"我说错什么惹您生气了吗?"

伊藤诧异地问。

小武一边合上风衣的领子,一边想伊藤所谓的寺内的诚实厚道的友情,对自己来说是不可饶恕的亵渎。

七

明治二十七年八月,日本对清政府不宣而战,甲午战争爆发了。

寺内随即当上陆军少将,兼任运输通信长官和参谋本部随从随军出征,不过他没有直接奔赴前线。由于这场战役中的功绩,被授予三等功金鵄勋章并获得年金七百日元。

接着于明治二十九年他接到命令,再次出访国外,巡视欧洲各国,明治三十年回国。第二年就任陆军中将,授予准四位位阶。仕途上真可谓一帆风顺。

另一方面,小武敬介的生活十年如一日,一成不变。早晨九点离开在谷中租借的住房,花将近一个小时到达位于九段坡上的偕行社。一般是六点下班,如果有宴请活动什么的,根据需要有时要到七八点钟回到谷中的家。大都是步行,偶尔也坐人力车回来。

小武的长子正太开始上小学了。可能是继承了小武的血统,脑子很机灵,上学以来的三年中年年都是班长。

正太自懂事以来,动辄用异样的眼光看着小武的断臂,在浴室里他还怯生生地触碰手臂的截面。

"父亲为什么没有右臂呢?"

从浴室回来的路上正太一边和爸爸并肩走着一边问道。

"打仗失去的。"

"为什么呢?"

"手臂被子弹打中了,就把它截断了。"

"为什么子弹会打中它呢？"

小孩的"为什么"像连珠炮似的向他袭来。

"打仗很勇敢呗。"

"打仗为什么要勇敢呢？"

小武顿时语塞了,乍被问到,一时找不到话来应答。

"男人应该勇敢。"

正太沉默了,可是不知道他是否理解了。

真是这样吗？

小武反问自己。这是一个模棱两可的问题,可以说是,也可以说不是。

对这样的问题,年轻的时候应该没有踌躇迷茫过。

小武顿时醒悟,自己在肉体上和精神上都不再是个军人,人生已经开始走下坡路了。这一年小武四十三岁。

甲午战争之后的十年,日本把俄国当作假想敌迈入激烈的军备扩张期,国民的苛捐杂税陡增,生活变得拮据起来。与甲午战争之前的军费相比,现在每年要支出三到五倍的军费。

这段时期小武家中难忘的事件接踵而至。

妻子佳毓感冒不治,恶化成肺炎,于明治三十二年秋天去世,享年四十二岁。

长女已经快二十岁了,做家务不乏人手,可是心中的寂寞为小武留下无法治愈的伤痛。

难为你嫁给我这个没有前途的残疾人,这么照顾我。

小武早晚都要在妻子的灵位前点上香火。

第二年的夏天,长子正太仿佛追寻妈妈的足迹似的离开了他。

他和朋友在镰仓游泳的时候被海浪淹没溺水身亡。小武抱着他的尸体哭了整整一天一夜。

一切都撒手不管我了。

哭完以后小武把他的小灵位摆在妻子的旁边，遗像上的两个人都在微笑。这两年小武仿佛都是在噩梦中度过的。

转年（明治三十四年）的春天，中山武亲、村田平吉等创建偕行社的元老相继退休。这个组织已经创建了十多年，奠定了坚实的基础，他们同样都是五十过半的人了。

"我们这些老家伙不该总是抛头露面。"

中山他们两人一旦离去，不管论资历还是论年龄，小武的排名都最靠前。过了一个月，他作为中山的接班人正式被举荐为秘书长。小武一度谢绝了，可是一来没有其他合适的人选，二来也想借此从失去妻儿的寂寞中摆脱出来，于是就接受了下来。这是明治三十四年四月的事情。

再一年三月，好像要与小武的晋升遥相呼应似的，寺内被任命为桂内阁的陆军大臣。

这个桂内阁是政界元老推荐的结果，因为没有得到在众议院中占绝大多数的政友会支持而成为少数派内阁，所以前途岌岌可危，不知能维持多久。幸好当时政界拥有很大发言权的伊藤博文是桂太郎的推荐者之一，于是伊藤出面去安抚政友会会员，可是还没等他的安抚奏效，伊藤外游、政友会的黑幕星亨去世等事件接踵发生，又给内阁的前景抹上一层不安的色彩。

前一段时间，前内阁的陆军大臣儿玉源太郎在桂内阁诞生的同时就提出辞职之意，在前辈的恳求和桂太郎的企盼下不得不暂时留任。但是善于审时度势的儿玉觉得继续留任前途多舛的桂内阁并非明智之举。在桂内阁的第一个难关——第十六届帝国会议一结束,他就执意辞去陆军大臣一职,推举寺内正毅(幼名寿三郎)作为接班人,自己借机逃之夭夭了。

过程姑且不论,对寺内来说,这个职位无疑是个从天而降的大馅饼。寺内真是个左右逢源的幸运儿。

前面也曾提到,东京偕行社的社长是由陆军大臣兼任,后来成立的各师团驻扎地的偕行社的社长则由当地的师团长兼任。

每次陆军大臣更迭,偕行社秘书长都要到新任社长那里汇报工作,这个规矩导致小武要与寺内再次见面。

寺内就任陆军大臣半个月以后的四月中旬,小武与寺内见面的日期定了下来。与其说是汇报工作,不如说是拜谒。

小武觉得去是不成问题的。事到如今,也不至于勾起那些陈年老账而感到屈辱,不再有足够的悔恨和气力让他产生这种心理,更不至于点燃他仇恨的怒火。

只是淡淡地去,淡淡地回。

小武屏神静气地等待着这一天的到来。对小武来说,是终生难忘的时刻,可是对寺内来说,只不过是令人眼花缭乱的公务中的一瞬间。

明治三十五年四月十日上午十点,小武穿着新做的大礼服,乘上马车向位于曲町区永田町的陆军省进发。左臂上挎着装有汇报工作所需要的文件材料。二十分钟后马车在陆军省前面停了下来。

晋升为军官、被任命为中队长,诸如此类的时候他曾多次来过陆军省。可是现在大门的栅栏和通往里面的铺路石板都被修葺得气派非凡。小武沿着台阶拾级而上,穿过走廊。再前面就是他不敢想象的世界了。

走进一间装饰得富丽堂皇的房间里,小武坐在一把靠背雕着花纹的橡木椅子上等待寺内。他竖起耳朵听着,这间位于深处的房间鸦雀无声,静得让人很难想象这就是统率全军的陆军省的中枢。

正面的墙壁上挂着一排硕大的匾额,上面画着与真人一般大小的各位将军的肖像,他们是历代的陆军大臣,最左边是大村益次郎,接着依次是前原一诚、山县有朋、西乡从道、高岛大山严、鞆之助、桂太郎,最后是儿玉源太郎。

以后寺内也要与他们排在一起了。

小武目不转睛地看着那一角,感受着岁月的沧桑。

"啊,对不起,让你久等了。"

背后突然传来一个洪亮的声音,小武仿佛触电似的回头一看,寺内从门口张开双手向他笑嘻嘻地走来。

小武不禁叫了一声"寺内",马上又缄口不言了。今非昔比,他不再是自己的同僚了。

"我是偕行社的小武。"

"好久不见。"

寺内紧紧握住了小武的手,当然是左手对左手。

"一直疏于问候。"

"别客套,坐吧。"

寺内在对面的一把大椅子上坐定。

"听说你当上了偕行社的秘书长,是昨天秘书给我看了人员名单我才知道的。区区小事,我本应该去看你的。"

"哪儿的话!怎么敢劳阁下大驾?"

"喂,快打住吧,太见外了。"

055

寺内的脸上再也找不到往日瘦长而苍白的影子了,胖乎乎的一副富态样,鼻子下面留着浓密的八字胡,与小武瘦骨嶙峋的脸形成鲜明的对照。寺内这时候的脸被比作美国的福神,因此被人起了个"比利肯①"的绰号。"比利肯"的模样是长着尖尖的脑袋,眉毛向上吊起,赤裸着身体。据说这副长相会招来福贵。寺内这副滑稽相和备受福神青睐的发迹史让人觉得他正是"比利肯"本人。

"我心里一直牵挂着你,可总是杂事缠身,抽不出时间去看你。"

"哪里哪里,不敢当。"

在小武的眼里寺内显得很庞大,是地位使他变得庞大还是他的派头顺应了他的地位呢?小武甚至感到一种难以接近的威严。

"抽支烟放松放松吧。"

寺内指指桌上的组合烟具。银制的托盘上摆放着香烟盒、火柴盒和烟灰缸。寺内从中随意拿出一根卷烟叼在嘴上,用右手按住火柴盒,伸出左手划火柴,划了一下就点着了。

和那时候一模一样。

小武望着寺内手中燃烧的火苗,回想起二十多年前寺内访问偕行社时的情景。当时小武觉得与他之间结下了某种难以言状的冤仇,这种冤仇一直埋在心中,非但没有了断,反而滋长得越来越大了。

事到如今,已经无法出这口恶气了。

香喷喷的烟味儿弥漫开来,小武知道这是一种昂贵的外国香

---

① 比利肯(Billiken):美国的福神,阿福神。1908年一位女画家根据梦中遇见的神的形象绘成作品送展览会展出,从而风靡全美国并流传至世界。

烟,与当时日本的烟不能同日而语。

"一起吃顿饭怎么样?好久没在一起了。"

"不了,今天我来这里的目的是作为偕行社秘书长拜访您,同时向您汇报社里的现状。"

"嘿,这不算什么。拜访早已经结束了,工作内容看了也一窍不通,就全权委托你了。"

"可阁下是我们的社长啊。"

"社长说过全权委托你不就得了吗?你别这么一本正经,这可不是你的作风哦。"

小武这才意识到自己对寺内过于较真了。

我还没有调整好心态。

因为心里有点扭曲,所以惺惺作态,还在拘泥于彼此间的胜负较量。小武为隐藏在自己心里的那份执着而感到惊讶。惊讶之余,又为这种执着感到悲哀。

侍从端上了茶和点心。寺内美滋滋地喝了口茶问:"后来你的伤口怎么样了?"

"没什么异常。"

"那太好了。我的手臂后来就不再流脓了,可是依旧没有长出骨头,拆了支架手臂就晃悠悠的。一些军官在背后说我是'钟摆手中将'呢。"

寺内说得很开心,"多亏了这只'钟摆手',我还因祸得福了呢。"

"哪有这回事?阁下能有今天,完全是凭借阁下自己的实力。"小武憋足了劲儿说。

"不,未必如此。人的一生,自身的能力不是万能的,也许更大成分取决于这之外的因素。这个道理我始终铭记在心。"

"这个家伙!"

寺内在他的眼里又大了一圈。随着地位的升迁,也许寺内的心气也高了。小武重新仰视了寺内一眼。

"有些人说我与其是个创造型的人,不如说是个整理型的人,你觉得这句话该怎么解释?"

"我认为这当然是夸奖阁下具有细致周到的洞察力。"

"不,你一定发现了,我没有创造力。也就是说,脑子很笨。"

"这怎么可能呢?……"

小武慌忙想辩白,这时随着敲门声走进一个戴着大佐袖章秘书模样的军官,他在门口敬了个礼,然后走到寺内旁边递上一张纸条。

"嗯,知道了。"

寺内读完纸条点点头。秘书又敬了个礼退出了房间。

"您有事吗?"

"没什么,是下午开会的事。"寺内又想起什么似的说,"其实要商量是否要建一所残疾军人院。"

"残疾军人院?"

"是,西欧各国好像已经有了。这是一种收容战争中受伤而不能重返战场的人以及失去工作能力的人的设置。我的身体是这副模样,所以很能理解那些残疾人的心情。我下定决心一定要把它作为陆军省的提案在下一届帝国大会上通过,让它变成现实。"

"是吗?"

"我们还算好的,受伤后半身不遂的大有人在呢。"

"啊?"

小武一边点头,一边想"我们"包括寺内和自己在内。心中顿时产生一种奇妙的感觉。

"刚才秘书来就是因为那个会议的事。"

可能是因为当着老朋友的面无须避讳,寺内什么事都实话实说。

"你的家人怎么样?"

"两年半前妻子病死了,现在还有一个孩子。"

"太不幸了。那么你现在呢?"

"老样子。"

"是吗?"

寺内点点头朝窗户方向望去,隔着窗庭院里一棵巨大的松树尽收眼底,草坪的草尖在风中不停地摇曳。

"冒昧问问你,你不打算续弦吗?"

"我?"

"不错,一个人今后总会有这样那样的不方便。"

"嗯,可是……"

"我有一个人选,也许你也认识她:原陆军中佐水口义雄君的遗孀,名字叫睦子。"

"睦子?"

"不错。水口中佐甲午战争的时候战死在平壤。有两个孩子,可是都长大成人了,现在睦子一个人过得很冷清。她和我老婆是朋友,所以偶尔能碰见她。"

"她籍贯是哪里?"

"东京。听说娘家在日本桥开了一家很大的和服批发店,叫本庄。"

"本庄睦子？"

"你认识她？"

"不,不认识……"小武垂下眼睛掩饰自己的窘态。

"男人一个人过日子可不行啊。孩子迟早要离开的,女孩子要嫁人,男孩子说不定哪天就把小命丢在战场上了。年纪大了,只有老婆靠得住。男人比女人更耐不住寂寞。"

五年前,寺内前妻死后续了弦,这件事小武是从别人那儿听说的。

"怎么样？只有四十二三岁,人很牢靠,长得也漂亮。"

"谢谢你的好意,可是我现在没有这个打算。"

小武回想起二十五年前在叔叔家经历的那一幕。当时本庄家借口睦子得了抑郁症,可实际上不久就嫁给了当时的年轻军官水口义雄。断然拒绝了一个前途渺茫的残疾人的婚约,可最终也成了寡妇。

如果跟了我,其他不敢说,寡妇是可以幸免了。

事到如今,小武既不再怨恨睦子,更无心娶她为妻了。命运这么作弄人,他只是觉得既滑稽又恐惧。他看看手表,已经十二点过五分了,比预定的会面时间至少超出了三十分钟,工作的事情只字未提,尽说题外话了。

"那么文件请您过过目,您方便的时候我随时可以来取。"

"你这就回去吗？"

"是的。"

寺内一副依依不舍的样子看着小武。

"那么我告辞了。"

小武低头致意时寺内说"你等一下",接着从里兜中掏出一个白色的纸包递给小武。

"这是什么?"

"拿上这个去一趟三田四国町的三田铸造厂。"

这究竟是怎么回事?小武越发丈二和尚摸不着头脑了。

"实话告诉你吧。乃木先生很早以前就让三田的铸造厂试制假手,最近终于制造出耐用的东西来了。我也看到过,只要装上它,轻巧的物品可以攥住。不过由于刚刚制作成功,数量不多。乃木先生说分配给失去手臂的部下官兵,我给你要了一个配额。"

小武屏住呼吸,目不转睛地看着寺内。

"拿着这封信找他们,应该可以免费给你制作一个。"

"寺内!"

小武禁不住直呼其名,可是却不想改口重新称呼他:"那玩意儿,我不需要……"

"你不是去找过佐藤大夫要求做假手吗?"

"那,那是很早以前的事了。"

"好容易才制作出来的。"

突然小武的心里涌上一股无法抑制的怒火:"现在给我装这个玩意儿又能派什么用场呢?!"

"小武!"寺内的叫声音量不大却很刺耳,"你怎么不明白我的心意?"

"不明白的是你!"

小武终于爆发了,他脸色铁青,嘴唇瑟瑟发抖。

"我不需要你这种不疼不痒的同情,我可不吃你这一套。我是我,你是你。"

小武把寺内递给他的纸包扔在地板上。

"小武,镇静下来!"

"别烦我,你这无能的家伙!"

秘书听到怒吼声连忙赶过来,手脚麻利地从小武身后反剪着胳膊把他逮住。

"无礼的家伙,在阁下面前太放肆了!"

"阁下算个屁!老子是小武!"

二十五年郁积在心头的怨气火山爆发似的倾泻出来,他自己都不记得发生了什么事情。

"轰出去,轰出去!"

秘书的吼叫声又引来了四五个男人,他们前后左右四面夹攻把还在撒野的小武制服了。一个小时过后,小武在五名士兵的包围下被陆军省的汽车押送回家,虽然没有五花大绑,可是派人把他监控了起来。

第二天开始小武在家中闭门思过。

"我真是中邪了。"

小武在内室里面对着白墙正襟危坐,回想着那噩梦般的一幕。

"为什么会做这种傻事呢?"

小武反复地扪心自问。是因为寺内太可恶了,还是被他的做法激怒了,或者纯粹想大吼几声?左思右想,他发现答案只有一个,那就是自己在生自己的气。

既然惹下这么大的祸,总归有某种处罚。小武打定主意,一旦处罚下来了就老老实实地服从。可是一个星期过去了,十天过去了,寺内和陆军省都没有任何动静。

"您为什么不来社里上班?"偕行社不知情的员工们川流不息地来到小武家探望。

"我打算辞职了。"

小武写了一份辞呈,可是辞职需要寺内批准。又十天过去了还是杳无音信。这么一起匪夷所思的事件,偕行社的人先不必说,连陆军省人都好像无人知晓。准是寺内下达了封杀消息不许外传的命令,对此事采取不闻不问的态度。

他不出来处理就麻烦了。

秘书长不在岗,一个月中积压的文件都快堆成山了。

我这样消极抵抗解决不了问题。

到了第四十天,小武终于在社里出现了,员工们都以为小武得了什么急病。

我真的输给他了。

小武一边爬着九段的坡道,一边回想起自己被人轰出房间时寺内充满怜悯的目光。

这一年的秋天,小武的女儿律子出嫁了。儿子夭折后,家中唯一的女儿嫁出去,小武家就断了香火,可他还是顺应女儿的意愿。对方也是长子。

"家里的事情你不用担心。"

小武不再在乎这个家了。他娶亲本来就迫于无奈,所以他觉得生下的孩子也是累赘。

这个家不值得传宗接代。

原来的四口之家只剩下孤零零的一个人,小武又回到三十几年前的生活,于是他再次找到邻居家的女佣人请她照顾自己的起居。

八

桂内阁这个当初被人们看作短命的政府,由于日俄战争这件超越党派斗争的事件逃过一劫,经历了战前、战中、战后三个阶段,竟然成了延续五年多的长命内阁。在历代陆军大臣中被视为二流人物的寺内也安全度过了这五年,从而被人刮目相看。从这个意义上来说,日俄战争可以说是降临到晚年的寺内身上的又一个护身符。

总之,鉴于在这期间作为陆军大臣的功绩,明治三十九年,战争善后处理一结束寺内就晋升为陆军大将,并且于明治四十二年兼任朝鲜总督,明治四十四年担任专任总督,同时授予伯爵爵位,进入华族之列。

在举国欢庆日俄战争胜利的明治三十九年春天的某一天,小武身上发生了一起刻骨铭心的小事件。

明治三十八年、三十九年以及在这之前出兵满洲的军队陆续返回国内。为了迎接这些军人,东京的街头每天都礼花齐放,手持国旗的人们成群结队地游行。由于出征回来的军官频频聚会,偕行社自然而然连日来一片兴旺。

这一天,一群耀武扬威的军官们聚集在偕行社的军官会所里互相吹嘘自己的军功。酒酣耳热之后不断发生争执。

"又较上劲了。小武先生不出面,根本无法收场。"

"哪派对哪派?"

"是第一军和第四军的军官们。"

"黑木和野津呀。"

第一军和第四军分别是黑木将军和野津将军率领的部队,小武年轻时候认识这两个人。

小武赶到现场的时候,军官们隔着桌子分成两派剑拔弩张地僵持着。

"住手!这里不是你们撒野的地方。"

对峙的双方诧异地盯着突然冒出来的小武。

"都一把年纪了,成何体统?"

"你说什么?"这时站在最前排的高个儿男子探出身体往前跨了一步,他已经酩酊大醉了,"你敢侮辱帝国军人?"

小武穿着便服,这个男子不知道他的身份。

"是军人要有军人样子。"

"什么?你这老东西!"

话音刚落,男子的铁拳头就击中了小武的下巴,小武瘦小的身躯踉踉跄跄地弹出三四米开外后撞在前面的桌子上倒了下来。

"小武先生!"

伊藤跑过去把他抱了起来。

"你们这帮混蛋,知道他是谁吗?他是在西南战争中失去右臂的英雄,资格比你们老多了。"

"西南战争算什么?我们是和世界上最强大的俄军交手过来的。"

小武站立起来,下巴烫得像火烧一般,可是他的脑袋却冷静得出奇。

"混账东西,打仗不都是把脑袋系在裤腰带上的吗?知道吗?这位可是寺内阁下的同窗好友!"

"哎?"

那个凶神恶煞的男子放下手挠挠脸。其他的那些叉着双手或把手插进口袋里的军官们顿时都像一尊尊菩萨似的兀立不动了。

"本来就是你们不对,这件事你们吃不了兜着走吧!"

"是!"醉醺醺的男子正视了小武的脸一眼低下头去,"对不起,小的有眼不识泰山,请原谅。"

小武一言不发地走出会所,箭步回到自己的房间。他在椅子上坐定,从下巴开始整个面颊火辣辣地发痛,人陷入一阵莫名的巨大悲哀之中。十分钟后伊藤也进来了。

"那帮混蛋都说要来再次向您道歉。"

小武凝视着夜幕笼罩着的外面,坡道上面灯台中的灯火映在沟渠的水面上泛起阵阵闪烁的涟漪。

"怎么办?"

"告诉他们算了。"

"可是他们……"

"我说算了就算了。"

"知道了。"

伊藤关上门出去了。

"和寺内是同窗好友啊?"

小武一个人自言自语。只要寺内不在军官学校披露,他们根本就不知道小武这个人。

我工作时间太久了。

被人骂了一句"老东西",小武再次感到已年过五十的那份沉重。

九

星移斗转,日本年号从明治改为大正。

日本进一步推进富国强兵的国策,在军备上已经可以比肩欧美列强,成为世界上屈指可数的强国之一。

大正二年①小武敬介六十岁,他以年事已高为由辞去了偕行社的职务。辞职后感觉就像卸去了一个沉重的包袱,小武觉得这是因为偕行社这段经历终于画上了句号的缘故,虽然这份工作并不累人。然而过了一段时日,他终于明白不完全是这个原因。

接下来就是等死了。

一闪现这个念头,他才知道自己永远不会再和寺内争斗了。甭提争斗,连想都不会去想它了。也许是辞职后得到的一份安宁促使自己的心情平静了下来。

说到底是我在唱独角戏。

一个晴朗的日子,小武从上野漫步到浅草,然后又一直走到隅田川岸边。三十多年前单臂在这里徘徊的情景仿佛就发生在昨天似的,历历在目。

从退休两年以后的春天开始,小武的视力渐渐下降,瞳孔上出现一层白。视野朦朦胧胧的,像隔着一层雾。小武无心进行特别的治疗,可是邻居中有人屡次三番建议他去医院看看。

去顺天堂看看吧。

小武想起了久违的佐藤进,于是他在女儿的陪伴下去了御茶水。顺天堂医院变成了一幢两层楼高的现代化的大楼,台阶上面

---

① 大正元年是1912年,大正二年是1913年。

有个阳台。

在眼科诊断的结果是老年性白内障,据说也没有什么有效的治疗方法。

知道是什么病就可以了。

小武因此心满意足了,他打算回去,突然又想起什么事似的问女导诊员。

"佐藤大夫在吗?"

"你问的是院长吗?"

"不错。我想见他一面。"

"请问您是哪位?"

"就说我是小武敬介,以前在偕行社的。"

从上次来这儿求他装假手,将近三十年的光阴过去了。

"请吧,院长说马上见您。"

小武尾随这个女子走进院长室。

"欢迎欢迎,久违了。"

佐藤抬着手站立起来。虽说满头银发,可是精神矍铄。

"我眼睛有点不舒服,来看眼科,所以……"

"哎哟哟,难为你特意来找我。"

对一个隐居的老人,佐藤显得无拘无束。互通近况后话题自然而然从胳膊负伤转到大阪临时医院。

"寺内阁下如今每逢正月还给我寄贺年片呢。"

"是吗?他现在可了不得了。"

现在小武能说出真心话了。

"前几天,我时隔很久见到石黑院长,说起你和寺内先生的事情,觉得太不可思议了。"

"我和寺内?"

"嗯,准是命运开了个小玩笑。"

"怎么回事?"

"事到如今,我可以实话告诉你。其实当时给寺内先生也打算做截肢的,可是眼看着要给第二个人做手术了,我情绪上发生了变化,突然想尝试一下保全手臂的方法。"

"在手术室临时改变主意的吗?"小武抬起他那双迷蒙的眼睛。

"是的。那时莫非是神使鬼差,想到要连续截断两只手臂,我心里突然沉重得无法承受。"

"那么当时如果我是第二个人……"

"是的,那样一来寺内的手臂就被截断了,而你的手臂就保住了。"

"……"

"想想真吓人。"

"手术的顺序是怎么定的呢?"

"你的病历放在寺内的病历上面。"

"我的病历在上面……"

小武用左手紧紧握住拐杖闭上了眼睛。他的声音在颤抖,嘴唇也歪斜了。是谁在恶作剧?冥冥中又是受谁的支配呢?小武回想起当时被推进手术室时那一片明媚得让人神志恍惚的干燥的天空。

从那时候起胜负已成定局了。

最终是这个结局,可是自己却瞎折腾了这么久,与他处心积虑地较量了整整三十五年。小武的心中有个东西轰隆一声倒塌了。

真是愚蠢至极!

突然小武笑了起来,好像遇到乐不可支的事情,直笑得前仰后合、泪流满面,直笑得龇着牙、披头散发。随即他张开嘴巴,眼睛愣愣地盯着空中。

"小武先生,小武先生!"

佐藤呼喊他的名字,可是小武却浑然不觉,狂笑不止。他伸长着脖子,口中直吐白沫。

"小武先生,你怎么了?"

佐藤抓住小武的衣袖,可是小武挣脱开在房间里来回转悠,四周回响着他野兽般的狂笑声。

十

打那以后小武的行动就明显失常了。

刚才还老老实实地待着,可是突然间憨笑着开始满屋子转悠。转了一圈又一圈后必定脱下衣服,伸出那只被截断的右臂像风车似的挥舞,有时甚至还从后面的栅门走出去摆弄给行人看,遇到军人就抡起断臂向他冲去。妇女和小孩儿惊恐不安,男人们则围在他家周围看热闹。对他的行为,邻居家的女佣人已经无法制止了。

两个月过后,到了大正五年的三月中旬,女儿律子与佐藤商量后把小武送进位于巢鸭的残疾军人收容院。病房是收容精神病患者的二楼北侧的带铁栅栏的黑屋子。同屋的一共八个,他们都是在战场上被击中了脑袋而导致精神失常的。

来到这里的小武依旧常常发出瘆人的怪笑,还会脱掉衣服挥舞断臂。但是有时会突然静下心来一丝不苟地读书,过一会又把脸贴在铁栅栏上默默地望着蓝天。

小武被送进残疾军人收容院这一年的六月,寺内正毅晋升为元帅。同年十月,继大隈重信之后出任内阁总理大臣这一要职。

三年过后,大正八年十一月三日寺内去世。

天皇下特旨授予寺内准一位位阶,并且授其大勋位菊花大绶章。

十一月五日,侍从子爵海江田幸吉作为天皇特使、皇后宫主事三室户敬光作为皇后特使前来吊唁。随后十一月七日,天皇特使落合为诚侍从和皇后特使、皇后宫主事男爵三条公辉赠送币帛、供品、鲜花,并在灵前焚香。

再者,天皇陛下赐予下面的手谕:

至诚奉职效力军务,博爱临众,布化新氓。膺辅弼之重责是赞鸿猷。负燮理之大任是劳庶绩。忽闻凶音,宸悼转切,宜斋赙吊旨。

寺内死后,小武又多活了两年。这期间小武几乎是双目失明了。眼睛看不见东西以来,他总是坐在屋子的角落里从早到晚整天舔着那只断臂的截面。舔着舔着有时变本加厉还会啃起来。被军医痛骂一顿后他有所收敛,可是军医一走开,他就马上又啃起来。看护兵最终实在看不过去,就用绳子把断臂绑在小武的躯干上。尽管如此,小武还是拼命地晃动脖子挣扎着要舔断臂。

二月初的一个寒冷的早晨,小武支气管炎恶化成肺炎,在残疾军人收容院走到了他人生的尽头。他悄然无息地走了,连值班的看守都没有察觉,只有同室的疯子们呆头呆脑地望着他的尸体。

他的遗容像被漂白了似的没有一丝血色,皱纹并不显眼,嘴巴微微张开,看似在微笑。

　　他的尸体被在神田五轩町的女儿的婆家领走,当晚在那儿为他守灵,第二天送去火葬。

　　小武敬介,享年七十岁。

宣判死期

一

船津俊介是国立 D 医院的外科医生,五点钟做完他负责的病人祁答院正笃的直肠癌手术后,在更衣室旁边的浴室里简单冲了个淋浴,直奔四楼的外科病房。

从下午开始,包括祁答院的手术在内,光是外科就做了四个手术,手术后要给患者打点滴、注射、检查体温,护士站忙得像一个战场。船津冲完澡还没来得及把头上的水擦干就匆匆离开浴室来到祁答院的 407 号病房。407 号房有休息室和病房两间,在配有沙发和冰箱的 D 医院里也是最豪华的病房。

病房里围着病床坐着三个人,是从年轻时代就以美貌著称的夫人金子和两个女儿。祁答院还没有从麻醉中苏醒过来,他的脸直到发际都苍白得几乎透明。船津一边感觉到金子想要说话的目光,一边把听诊器架在耳朵上观察血压。高压到九十低压到五十,动脉的搏动就消失了。大量出血之后血压还没有复原。船津一放下听诊器抬起头，金子就迫不及待地问：

"怎么样？"

"没问题，再过二十分钟就能醒过来。"

听了这句话，金子点点头。看她的皮肤的光泽很难想象她已经年过半百。船津摘下血压计瞥了一眼祁答院的妻子，把视线移到吊在支架上的输血瓶。输血瓶是手术临近结束时换上的，还剩100毫升血。两个女儿比起妈妈更像祁答院几分，从两只眼睛到鼻梁的轮廓简直和爸爸如出一辙。可能是祁答院结婚晚的原因，两个女儿一个二十岁，一个十八岁。

祁答院正笃是一名画家，今年六十三岁。他二十岁就崭露头角，在当时最具权威性的N画展中连续六次入选，二十六岁刚过就奠定了作为画家的地位。其后他把画坛的主要奖项都尽收囊中。五年前被推选为艺术院会员。虽然称之为"泰斗"年龄太轻，可是作为画坛的大师他已经有了不可撼动的一席之地。

总之，说他作为画家一帆风顺一点也不为过，可是他却有一个难言之隐。

从二十五岁左右他就患上了痔疮。痔疮是一种头痛的病，会不经意间突然向你袭来。每次复发，他都想这次必须接受手术了，可每次都是顽强地挺过去了。厕所早就换了西式的坐便，挥毫作画时不是站立就是在椅子上放好蒲团，再铺上海绵，可以说是动足了脑筋。药房出售的药自然不在话下，迄今为止医生和朋友介绍的好药他都试过，可是没有一种有明显的疗效。结果疼痛到无以复加的时候，他觉得蜷紧身体等待暴风骤雨过去才是最佳的治疗方法。

尽管饱尝病魔的折磨，他却无心去看医生。他接受痔疮的检查只有空前绝后的一次,那是他作为画坛新星横空出世的二十六岁的冬天。他在一本杂志的随笔栏目中如此回顾当时的情形。

"医学原本是对人的某种亵渎,检查痔疮尤其如此,没有比这更藐视人性、诱发精神颓废的东西了。仰卧着抬起脚、叉开双腿露出阴部这种姿势原本不是作为一个人应该摆出的姿势。作为人的形态不可能存在,也不应该允许它存在。动物另当别论,倘若是人,不论在什么情况下都不应该摆出那种姿势,也不应该命令别人摆出那种姿势。那不是人的形态……"

祁答院关于痔疮发表的言论仅限这段文字,其中只说明了不能容忍这种姿势,却只字未提自己患的是哪一种痔疮、病情如何。总之,他只宣称"痔疮很痛苦",但是对询问痔疮类型和痛苦的严重程度,他一概不予回答。因此知道他的人只能根据他在座椅上的煞费苦心、大便耗时之久来推测他的痔疮已经相当严重了。

祁答院耽误了直肠癌的治疗可以说是他异常的羞耻感和顽固不化的态度导致的结果。船津初诊的时候费了不少口舌才打听到,早在一年半前祁答院就便中带血,并伴有像脓液一样的秽物。便中带血是痔疮恶化后常见的症状,所以患有慢性痔疾的他没有特别在意也无可厚非,然而脓汁一样的秽物却不同寻常,至少当时应该来医院检查。虽然没有告诉过别人,其实祁答院对自己的大便观察得很仔细。一年前的正月开始,他就发现痔疮不犯了,可是还继续便血,不久大便变得越来越细,像是挤牙膏一样一点点挤出来似的。他依然认为是痔疮的缘故,可是实际上是长在直肠上的癌变组织越来越大阻塞了大便的通道。癌细胞缓慢而坚实地长大,大便随之被压迫得越来越细,到了夏天充其量只有小指般粗细,秋天里终于比铅笔还细了。直肠是肛门紧上方的部位,不像小肠那样吸收营养,所以癌变组织发育长大了但身体衰弱并不明显。加上他本来就是细高个子,即使一点点消瘦下去,在旁人眼里也几乎觉察不出来。

但祁答院一直以来还是把病因归咎于痔疮,可是到了十一月,大便细得像线香一般,每次如厕要花一个多小时,这才引起他的警觉。虽然便秘出血,可是疼得不太厉害,由于他之前都花很长时间慢腾腾地排便,痔疮感觉上反倒有所好转。粪便的粗细姑且不谈,如厕要待上一个小时,不仅本人,家里人有时也很头疼。便秘使得祁答院实在无法忍受,过了新年就把实情告诉了夫人金子。金子一听当即劝他去医院检查。

祁答院还是硬撑了半个月,可在二月中旬的一天排便时头昏目眩地倒在厕所里,之后终于同意去了医院。

医院通过他经常就诊的大泽大夫把他介绍给在痔疮治疗方面屈指可数的权威、国立D医院外科主任绫野博士。

祁答院从小就穿惯了和服,这时只见他把穿得很合适的和服脱在诊断室的箩筐里,然后不得不摆出他所谓的作为人不可饶恕的姿势。

查看了肛门,把手指插进去的那一刹那绫野博士就紧紧地皱起了眉头。直肠上的肿瘤已经有拳头般大小。用时钟来表示,从后壁的六点的位置绕了差不多小半圈,一直硬邦邦地扩展到三点的位置,这无疑是癌症。无须通过直肠镜做精密检查和做灌肠钡餐检查。十有八九,不,百分之百到了直肠癌晚期了。

"怎么样?"

祁答院从非人的姿势中解放出来,穿上外褂坐在病人用的椅子上。

"直肠长出这么大一个肿瘤。"绫野博士右手握拳比画给他看。

"是什么东西?"

"可能是癌……"

"癌?"祁答院目瞪口呆了,"不是痔疮吗?"

"是癌。"绫野博士说话的口气非常坚决。

"那么……"

"必须马上动手术。"

"动手术就能治好吗?"

绫野博士点点头。

"那就麻烦您了。"

这时候已经容不得祁答院考虑手术时令人屈辱的姿势,以及术后要在痛苦中煎熬很长一段日子这些问题了。

二

船津大夫在病历上写完打点滴和注射的术后医嘱就回到了医务办公室。做完手术的医生冲过澡,聚集在这里喝着啤酒。办公室的桌上摆放着四个新的一打装的啤酒箱,上面分别贴着写有接受手术的病人名字的标签,其中写着"祁答院"名字的有两箱。

"那位大画家怎么样啊?"

船津一进办公室,一位啤酒喝得面红耳赤的医生就问他。

"完全被耽搁掉了,直肠牢牢地粘在后腹膜上,根本无法剥离下来。"

"已经转移到腰椎或者肝脏什么部位了吧?"

"这不是明摆着吗?"

船津拿起同一届毕业的同事田边倒的啤酒一饮而尽。

"病灶最终切除了吗?"

"总之摘除了一半,剩下的就无能为力了。"

手术中发现癌组织已经侵袭周围的器官,病灶跟膀胱、输尿管、直肠粘连在一起,盆腔里的淋巴结也都肿大了,已经不可能完全切除病灶了。

"必须做一个人造肛门啊。"一位比他高两届的学兄说。

"是啊。"

所谓人造肛门就是放弃从下面排便而在腹部侧面打一个洞眼和肠子接上,通过洞眼排泄粪便。借助这个办法,直肠以下的癌变部位就完全停止了工作。这种方法患者活得时间最长。

"做了人造肛门能活多长时间?"

"嗯,最长可以活两三年,可是扩散得太厉害了,大概在半年左右吧。弄得好至少可以坚持一年。"

"一年啊?"船津回想起祁答院在动手术前说的话。

"我还不能死,还有工作没有做完。"祁答院说话时脸上露出不甘示弱的表情,眼睛炯炯有神。

"癌长在越下面活得越长,胃比食道长,肠比胃长。"

那位医生说话的时候绫野主任进来了,大家顿时都停止说话把目光集中在他身上。

"祁答院先生的病情怎么样?"

绫野是给祁答院做手术的主刀医生。

"刚刚给他量过,血压偏低,不过情况大致比较稳定。"

"麻醉呢?"

"还没有醒过来。"

"是吗？"绫野接过田边给他倒的啤酒喝了下去，"家属来了吗？"

"夫人和两个女儿来了。"

祁答院不仅是特意托付给绫野的患者，还是一位家喻户晓的名人，绫野对他牵挂有加也在情理之中。

"太糟糕了。"

绫野好像一半是说给医务人员听的，一半是说给自己听的。说这句话也许是想让自己接受手术失败的现实。

"主任，手术结果怎么给他解释？"

"怎么解释？"绫野诧异地瞟了船津一眼说，"平时怎么说就怎么说吧。"

"说手术很成功吗？"

绫野一边点烟一边点头。癌症本来是尽量不告诉患者和家属的，不过偶尔为了手术而不得不告诉。这种情况下，规定做完手术后必须回答对方"完全切除了"。医生一般不会说"手术失败"这句话，除非患者本人感觉到了。为了使患者抱有生的希望，避免他们承受精神上的折磨，这种说法成了临床医生必须遵守的一条不成文的规定。船津都当了五年医生了，现在还问这样的问题，这使绫野颇感意外。

"不管什么人都不能告诉他没救了吗？"

"你的意思是……"

"比如说祁答院先生……"

"祁答院先生有什么特殊吗？"

医务人员停止了闲聊，竖起耳朵期待着船津讲下去。

"他可是艺术家啊。"

"……"

"我认为艺术家有点与众不同。"

"你是说……"

"这是我个人的见解。我觉得一旦知道没救了,如果是艺术家,最好还是主动地告诉他死期,比如还有半年,还有一年什么的。他们因此会全力以赴地完成遗留在世上的工作,艺术家应该会把工作看得比生命还重要。只是为了避免患者承受精神上的痛苦而像对待一般患者一样地隐瞒死期,不论对患者本人还是对我们都是一种巨大的损失。"

"对我们说来也……"

"嗯,作为一个认同他的劳动、为他的死感到惋惜的人。"

绫野叉着手臂沉思良久,突然问:"大家怎么想的?"

"反正是活不了了,他们理应想知道还能活多久。我认为哪怕只能活几天,也想在有生之日过得充实一些。"

船津觉得自己有点絮叨了,可这是他两三年来一直坚持的主张。

"船津君所说的确实有一定的道理。可我还是认为一旦知道自己半年后必死无疑,这对患者本人的打击实在太大了。满以为能够治愈的,可是突然间被宣判死刑,这可非同小可。恐怕他会因此六神无主,陷入死亡的恐怖中不能自拔,哪还有心思工作啊。"

"也许暂时会这样,一天或者两天。可是对艺术家来说,留下一些个人的成就毕竟是他们的生命啊。"

"你是说艺术地久天长,人生昙花朝露吗?"

"祁答院先生今后发展的空间还很大,所以我希望能及时告诉他,以便给人们留下传世的作品。"

"照船津君的说法,艺术家是一种艰难的职业啊。"

一位学兄叹了口气感慨地说。他是一名快乐的外科医生,原本和艺术是不大相干的。

"不过在痛苦中完成自己的作品留给世人,这才是艺术家生存意义的体现,所以我相信实话实说,他会乐意接受的。"

绫野说:"你喜欢画儿,也许你说的对。"

"不敢当,这不过是我的管中之见。"

"嗯,你这么一说,我也觉得是这么个理。"

"艺术家也不能一概而论,我是说并非每一个艺术家都可以告诉他死期的。可祁答院是货真价实的,与那些装腔作势、爱出风头的人不一样。祁答院是值得我相信和尊重的艺术家,所以我希望能告诉他实情,让他抓紧时间完成最后的工作。"

看到大家都在默默地沉思,船津害羞地摸摸脑袋。医务办公室不再是手术后热气腾腾的气氛了。

"你们也应该告诉夫人吧?"

"嗯,夫人还兼任画家的工作秘书。"

"是吗?"绫野抬起头,那神情似乎要做出最后的决断。

"你直接告诉他吗?"

"我来说可以吗?"

"那就托付给你了。"绫野掐灭了拿在手里的香烟,"话一旦说出口,不管他精神上有多么痛苦都是我们的责任。今后的一年他不是为了自己而是为了艺术而活的,我们必须尽量为他提供方便。应该优先考虑他的工作,情绪和生命是第二位的。"

"明白了。"

船津点点头,感到心中涌上一股热流。行医六年了,面对面地告诉患者死期,这还是头一遭。

三

船津破例得到一个准许——"仅限可以告诉祁答院先生他的病灶没有完全切除。"可是仔细一想,这未必是件容易的事。

当务之急是什么时候、以什么理由实施人造肛门手术。所谓人造肛门是直肠、肛门发生异常或者因手术不能继续使用的情况下,在腹壁打开一个洞眼与大肠连接起来,通过这个洞眼排便。因此一般情况下,只要肛门的功能恢复正常,就把口子封起来的例子很多。所以同样是做人造肛门,给祁答院做的目的完全不同。他的不是暂时的,而是永久的、直到死神降临为止都要依靠的人造肛门。既然癌症不能治愈,这是唯一的选择。做人造肛门只是意味着把他的生命延长半年到一年。

一旦得知自己患的是不治之症,祁答院能否老老实实地接受这种消极性的手术,这要画上一个大问号。

祁答院也许会说:"反正是没有救了,手术就拉倒吧。我可不愿意为了多活几年而从腹壁上排便。"

并且还有一种担忧,就算他答应做手术,可是知道自己患的是不治的癌症而接受了手术,手术后的恢复恐怕不尽如人意。精神上的恐惧会给患者的体力带来很大影响。

那么在人造肛门手术做完之后再告诉他真相吧。

船津左思右想,决心已定。他把自己的想法告诉绫野主任,征得了他的同意。

人造肛门手术不是什么大手术,从发生病变的直肠的上方切断,然后把一头拉到腹壁上事先开启的洞眼上固定住,手术就完成了。这个手术之所以没有与祁答院的第一次手术同时进行,是因为担心双管齐下身体会吃不消。而单独做这个手术,紧接在第一次手术后面做也不必太担心,早一些做反倒有利于通便。

"腹壁上要生出一个肛门是吗?"听完船津的说明,祁答院慢条斯理地问。

"这样做,直肠的恢复也快得多。"

"是这个位置吧?"祁答院隔着睡衣用手指比画了一下腹部右侧的下方。

"再往下一点。"

金子夫人呆若木鸡地抬头看着船津。

"大便怎么办呢?"

"那当然是从这个部位排泄。"

"那么,积攒多了就……"

"积攒多了就自然而然地掉出来。因为不像肛门有特别的神经和括约肌,患者本人没有粪便积攒的感觉,自己也不会有意识地把它挤压出来。"

"那么必须经常……"

"是的,需要及时清理。"

虽然是谈论秽物的奇异话题,可是对三个人来说都不是闹着玩的。这是直接影响到今后生活的大事情。

"那么在洞眼口要放上……"

"塞上纱布,外面垫上尿布,再用漂白布缠起来。"

"你是说要用尿布吧?"

祁答院不高兴的时候眉毛尖会习惯性地微微颤抖。听说平时一个性情温和的人发起火来是很吓人的。

"这样能外出吗?"

"只要注意不泄漏出来就没问题。"

"你是要我在侧腹上垫着尿布,让大便陪着我走路吗?!"

祁答院太阳穴上青筋直暴。他愤怒是不足为怪的,那种模样对恃才傲物的祁答院来说根本无法忍受。

"有人就这样去旅游。"

看见丈夫情绪低落,金子好像打圆场似的说:"必须这么做吗?"

"好不容易把癌细胞切除掉,按道理能让我从下面排便才是啊。"

"这话不错,可是在伤口愈合之前作为权宜之计……"

"要多久?"

"一两个月吧。"船津回答道,手心不禁变得汗津津的。

另一个自己在提醒船津:"还是趁现在说清楚比较好,越到后面谎言就越发不可收拾,患者知道真相的时候的打击也就越大。"

"绫野大夫也是这么想的吗?"

"是的。"

"这可如何是好?"祁答院一反常态,用怯弱的眼光望着妻子。

"什么如何是好? 这只能听大夫的了。"

船津心想夫人说的对,自己是医生,并且更关键的是不能毁了祁答院正笃的才华。既然是经过深思熟虑的想法就准没错,怎么想就怎么做。于是船津抬起头来坚决地说:"必须做。"

祁答院躺在病床上背过脸去,夫人微微点点头。

两天以后祁答院的人造肛门手术开始了。这次也是由绫野主任亲自操刀。不知是因为祁答院听天由命了，还是把这当作一个与癌症毫不相干的手术，手术结束后他只字未问手术的结果。

可是这几天船津却度日如年。

祁答院不用再做手术了。做完这个手术，只要不发生意外的情况，能够确保祁答院的生命延续一年。可是反过来说，一年以后祁答院必死无疑。

本来打算做完第二次手术就告诉他癌细胞没有完全切除的，可是船津却难以启口。

他曾经在大家面前信心十足地说"唯有对杰出的艺术家是应该宣告死期的"，可是到了该说的时候，又觉得这是一种一厢情愿的空谈。在别人眼里这难道不是置身事外者一意孤行的想法吗？第三者觉得好未必就对他本人好，归根结底应该尊重本人的心情。船津开始怀疑起自己，我的想法果真正确吗？莫不是自己过虑了？莫不是过分沉醉于一种悲壮的美之中了吗？这莫不是一种藐视人性的想法吗？如果换个立场自己会怎么样呢？不，我不是艺术家，不能混为一谈。可是艺术家与凡人在情感上果真有这么大的差异吗？

船津陷入迷茫之中，形形色色的想法在胸中似波涛起伏，每一种想法又都摇摆不定。可最终还是艺术家"作品重于生命"的思想占据了上风。当时患者会痛苦，可是最终会感谢我。

试试看吧。

七天以后，船津决定在给祁答院的皮肤拆完线之后对他和盘托出。为了掩饰自己的不安，他特意正视着祁答院的脸说："有件事我要向两位道歉。"

"道歉?"

祁答院一边让夫人给自己的腹部裹上漂白布一边问。

"是的。"

"什么事?"夫人的手也停住了。

"我以前一直瞒着你们。"

"大夫你……"

"我给你们撒了个弥天大谎,不知该怎么向你们道歉才好。"

"……"

夫妻俩对视了一眼,祁答院惊慌地闪动着那双褐色的眼睛。

还是赶快说了吧!

原本有几分胆怯的船津见状连忙给自己打气。

船津咽下一口吐沫说:"第一次手术的结果是失败的。"开弓没有回头箭,他只有硬着头皮往前走。"癌细胞没有完全切除,从直肠一直扩散到后腹膜、腰椎,面积过大,癌细胞无法清理干净。病情已经被耽误了。"

"……"

两人顿时像中了邪似的愣住了,他们恐怕还没有真切地体会到船津说的话带来的冲击。

"所以没有治愈的希望了。"

祁答院那张平时就很白皙的脸这时更是像一张白纸,没有一点血色。金子夫人目光呆滞,眼睛直勾勾地看着船津。看她的表情,仿佛人已经停止了思维。

"做人造肛门手术也并非为了治愈癌症,而只是为了让您多活一些日子。"

突然金子发出呜咽声,右手摸着额头,肩膀瑟瑟颤抖。随着船津的话渗入她的肌体,呜咽声越来越大。

"我一直想找个机会把真相告诉你们……"

"事到如今告诉我们有什么用?!"

金子大叫一声后就一发不可收拾了,只见她用双手捂住眼睛,像堤坝决口似的号啕大哭起来。

"也许不该给你们说这些的,一般情况下是不说的。"

船津不经意地看看祁答院,只见他在床上双目紧闭,苍白的脸埋在枕头中。也许妻子声嘶力竭的哭泣剥夺了祁答院流露感情的机会。

"可是我左思右想,到头来觉得还是把实话告诉你们好。"

祁答院依然眉毛都不动一下,不知道他是否听到了。

"之所以这么做,是因为先生是一位艺术家。因为是伟大的艺术家,所以把作品看得比生命还重要。我们把病情如实地告诉您,希望您利用余生完成最后的工作,从而不留下什么缺憾。"

夫人的哭泣声一浪高过一浪,哭得船津于心不忍。

"我原以为我说实话,你们会高兴的。还能活……"

于是船津轻轻地吸了口气,眼看着就要对自己面前的人宣布死期了,可是船津却没有丝毫的痛苦和恐惧。不可思议的是,他在心里的一隅甚至感到一种快感。

"一年。"

夫人刹那间止住哭泣,祁答院猛然睁开眼睛,这双眼睛宛如从漫长的睡眠中苏醒过来似的。

"这一年里由我来负责看护。希望先生在这段时间里完成最后的工作。"

夫人嘟囔道:"一年……"

"先生是艺术家,我是为您好才实话告诉您的。请您作为我们尊重的艺术家而努力吧。"

这时祁答院紧闭着的嘴唇微微蠕动了一下。

"别说了!"

"……"

"请回吧!"

夫人的声音咄咄逼人,船津感到一种不可侵犯的威严,于是他一言不发地离开了病房。

四

自从上次听了船津的那番话,祁答院几乎成了一个哑巴。每天早上船津查房给他换纱布,祁答院始终一言不发。

"感觉怎么样啊?"

"嗯。"

"疼吗?"

"有点。"

祁答院就是这样有一句没一句的,分明是在敷衍他。

"胃口怎么样?"

"最多是平时的三分之一。"

金子夫人替丈夫回答道。只能在世上苟延残喘一年的时间,一切都和死亡联系在一起,也难怪祁答院变得萎靡不振。可即便如此,他的态度还是过于生硬了。

对此船津装出一副格外平静的样子。患者情绪低落时如果连医生都变得胆战心惊的,那么情形只能每况愈下。既然已经在患者面前扮演了一个冷静而明白事理的角色,那么就继续坚持自己的态度。因为期待着祁答院超越目前的痛苦,发挥艺术家的斗志重新振作起来,所以不应该给予毫无意义的同情和怜悯。船津相信暂时的痛苦会换来祁答院今后一年工作上的丰硕果实。

"有人造肛门,所以可以尽管吃,应该多吃保证营养。"

船津说话直截了当,并不太在乎祁答院夫妇的心情。在这里,祁答院既不是画坛的泰斗,也不是艺术院会员,而只不过纯粹是一个直肠癌患者。

"吃了可以排泄的吧?"

"当然了,有肛门在。"

两个人背过脸去,可是事实是无法回避的。再藏着掖着,从腹部侧面排便是既定的事实。他们于是不再说什么了,祁答院闭上眼睛,妻子朝着窗户看去。

绫野主任来巡诊病房的时候,他们也是一副爱搭不理的样子。

"创口好多了啊。"

为了打破尴尬的沉默,绫野主任取悦似的搭话,可祁答院依然紧闭着双眼,那张老人当中极其罕见的端庄的脸朝着上方。脸部的侧影看上去有点向主任挑衅的意味,似乎对他说:"既然知道命都没有了,创口好了又有什么意义呢?"

从第一次手术的前一天开始,在祁答院的病房外面贴了一张"谢绝探视"的纸条,第二次手术后的第七天要把这纸条揭下来。船津责成护士把它揭掉的第二天早上,当他去查房的时候,祁答院一反常态地主动搭起话来:"请你把'谢绝探视'的纸条再贴一段时间吧。"

"在规定的探视时间内,您已经可以想见谁就见谁,不必得到我的同意。"

祁答院盯着天花板回答:"不,我暂时还不想见人。"

"明白了,我让护士再贴上吧。"

原来祁答院不想和外界来往。

其实因为他是社会名流,来探视他的人数不胜数。弟子、晚辈自然不在话下,从画坛的名家到中坚画家、评论家,甚至通过他的画和社交活动涉及的政界、财界的知己也络绎不绝地前来探望。手术后不久当然是不允许探视的,所以金子夫人在休息室里应付他们。金子接过礼物,不停地向来访者寒暄。前来探视的人当中有不少是借祁答院患病的机会与他套近乎,希望他以后能提携自己一把,他们的动机已经超越了探视的范畴了。

祁答院第一次手术之后三天里精疲力竭,没有气力见人,可是从第四天开始就恢复得不错了。一有客人来,他就竖起耳朵聆听休息室的声音。妻子接待好客人一回到病房,他就连忙询问谁来了。听到某个人的名字,有时还发牢骚为什么不让他见面。对祁答院来说,虽然是由于病痛不得已而为之,可是日复一日从早到晚躺在病榻上,也确实让他感到腻味了吧。

可是他不知什么缘故突然提出不想见人,并且是在远比第一次手术轻得多的第二次手术过了一个多星期以后。船津的死刑宣判对他心灵上的打击之大从中略见一斑。

十天以后,拆线的瘢痕也长好了,祁答院的腹壁上也留下了一个新的肛门。创口四周还有些轻微的肿胀,顶端的黏膜局部还残留着炎症,可是大便已经开始从那里通过了。

拆下漂白布解下尿布,顿时闻到一股大便的臭味儿。透过薄薄的纱布的表层可以看到泛黄的大便。虽说不经过直肠和肛门,可是食物同样要完全经过在胃、小肠、大肠中的消化吸收过程,所以气味儿也好,颜色也好,自然和一般的粪便没有什么两样。

金子夫人笨手笨脚地用报纸把粪便包上扔到外面去。平时除了照料两个女儿以外,金子没有干过什么棘手的活儿,现在对她来说,这是件没有意料到的工作。

祁答院起初是用怯生生的眼光朝着从自己的腹壁上排出的粪便看去,可是一看到粪便从红彤彤的洞眼里冒出来的情景,顿时轻轻地"啊"了一声便垂下了双眼。从腹壁上冒出粪便的情景的确稀奇古怪,何况不是别人而是自己的腹部,这就更让人毛骨悚然。在清理粪便的时候祁答院闭上双眼,同时咬紧牙关强忍着折磨,像是在祷告这个时间尽早过去。好好的一个人,却不照着人样去排便,这种残忍的现实给祁答院带来的折磨远远超过了生理上的痛苦。

从这段时间开始,祁答院的脸日渐消瘦,身体状况也急剧衰落下去。六十三岁的高龄,加上从二月份开始一个月里连续动了两个手术,体力不支在所难免,不过第二次手术之后他比第一次手术衰老得更厉害。还听值夜班的护士说,祁答院几乎每天晚上都要向她索要安眠药,而且药量以三天增加一倍的速度递增。

"那位先生昨晚好像喝威士忌了。"

"喝醉了吗?"

"酒气很重,我一打开被子,发现被子里冒出一个威士忌酒瓶。"

"结果呢?"

"因为他是个大人物,所以我只是稍微提醒了他一下。船津大夫,请您好好说说他。"

"知道了。"

虽然答应护士了,可是船津却没有勇气责备祁答院。的确是自从自己向他宣判不治之症以后他才日渐苍老的。把他逼得彻夜难眠、心焦力竭的无疑是船津本人。不错,直言不讳地告诉他,使他陷入痛苦的深渊正是船津的目的所在。他相信应该不久一定会出现好的转机。可是都半个月过去了,并没有出现好转的迹象。非但如此,祁答院在痛苦的泥潭中越来越虚弱。照这样下去,别说一年,恐怕半年也撑不到,他就会因为全身衰竭而一命呜呼。弄得不好他还有可能自寻短见。祁答院最近的表情不同寻常,他瘦得颧骨高耸,脸色白得像个幽灵,眼睛痴呆呆地望着空中,问他什么话都心不在焉的。他几乎成了一具行尸走肉。

假如不告诉他,说不定这会儿他早拿起画笔画窗外风景的素描了。

难道是我的错吗?

船津开始感到一丝悔意。

祁答院的身体状况在医务办公室也成为人们谈论的话题。

"其他的部位是不是也有什么问题?他虚弱得不正常啊。"

"即使是癌症也不会一下子进展得那么快,这一个月中至少瘦了五公斤吧?"

同一幢楼的医生们在交头接耳地议论,不同科室的医生们都对祁答院产生了兴趣。

在其他人七嘴八舌说了自己的意见后,绫野问:"是不是精神上有什么问题啊?你觉得呢,船津君?"

"很遗憾……"

船津不得不这样认为,也许自己的想法到底还是过于理想化了。被人冷不丁地说没有几天好活了,有谁精神上不崩溃呢?不崩溃才怪。错就错在我把他当作另类了。说一千道一万,既然是人,那么他首先是人,然后才是艺术家,自己把这么一个简单的道理给忘了。船津失去了信心。

绫野像是在核实什么似的说:"这样的话,光靠单纯的医学疗法是治不好的。"

"那么该怎么办才好呢?"

对这个问题,谁也没有什么高招。

过了片刻绫野说:"画具、画笔、画册,什么都行,摆在他面前勾起他关于画的回忆。"

"……"

他画了一辈子的画,早也功成名就了。给他看跟画画有关的东西,他一定会回忆起画画的。一旦回忆起来,理应不会无动于衷了。

除了按照绫野说的方法去尝试一下,现在的船津也想不出别的办法。

五

祁答院的枕边有一个日历。每熬过一天就在上面打上一个红叉把那天勾掉,勾掉一天就意味着死神逼近他一天。虽然他对此心知肚明,却每天让妻子打上一个红叉。

自从船津对祁答院宣判死刑,过了将近一个月了。按照绫野的想法,船津一直在寻找机会跟他提画画的事情。可是对一般人可以另当别论,在画坛的巨匠面前谈论画画的确难以启齿。说些过于幼稚的话,会被付之一笑;说些一知半解的话,又会贻笑大方。说些什么、怎么说,才能诱导祁答院接过有关画的话茬,再次激发起对画的热情,这一点大家心里都没有谱。

可是仿佛老天爷觉察到船津的心思似的,机会早早地降临了,并且是对方主动提出来的。

那天,船津和往常一样换掉原来的纱布后,看了看右腹部下方的人造肛门。病房里虽然撒了防臭剂,可是一进房间就闻到一股臭味儿。纱布下面堆积了一些自然排泄出的粪便,船津把它擦拭干净,又用脱脂棉清理人造肛门四周的污秽。靠近洞眼的黏膜和皮肤的肿胀及红润都消失了,在腹部的侧面,人造肛门像模像样地俨然天生的似的不卑不亢地长在腹壁上。

"真不可思议啊。"

平时祁答院总是转过脸去忍受着屈辱,可这天却端详起创口来。从那表情看不出嫌弃、羞耻,反倒是一副饶有兴趣的样子。

"的确活了。"

祁答院说了句多余的话,可是对他来说,似乎是个全新的发现。

"真棒!"

他一边咳嗽,一边目不转睛地注视着他那又臭又丑的部位被人用尿布包裹起来。

"我想试着画画。"

第二天巡诊结束后,祁答院突然用郑重其事的口气提出这个请求。从接收到死亡的宣判起正好是第四十天。

"好啊,注意别太累了。"

虽然祁答院一副骨瘦如柴的样子,可是站着和坐着的姿势对人造肛门没有丝毫影响。

"我只是想画画素描。"

从第二天开始,祁答院病榻旁边搬来了一个可以活动的安乐椅。房间里洒满明媚的春光,他沐浴着这迟到的阳光,倚在椅子的靠背上开始给探视客人带来的一个梅花盆景写生。他那穿着绸布衣对着画布的姿态,看不出是一个癌症患者,看不出是一个腹壁上安有人造肛门的老者。

然而,只有当他手持炭精条面对画布的时候,祁答院才看上去生气勃勃的。一旦放下炭精条,倒在安乐椅上,他的脸一下子就显得苍老了至少十岁,眼睛四周布满了黑眼圈。癌细胞和精神上的疲劳正无情地侵蚀着他的肌体。

不过,哪怕只是素描,只有当他在画画时才显得意气风发,这无疑是祁答院作为一位艺术家的力量使然。这一瞬间里他无疑活得很充实,而对船津来说,这种一瞬间的到来是他的目的所在,这种一瞬间的积累一定会孕育出伟大的杰作。

然而事到如今,船津还认为向祁答院宣告死期也许是一种错误,为此他沉浸在深深的不安之中,他已经丧失了当初当着医务办公室众人的面一个人侃侃而谈的那份自信。

的确,祁答院被告知不治之症后在一点点地变化。起初有一段时间他被死亡的恐怖击垮了,一直缄口不言。不久了解了自己的命运,知道了自己的身体每况愈下的事实,于是他清楚地知道死神将在未来的某个时刻不可回避地降临到自己头上。惊恐和痛苦之余,他开始拿起了画笔。面对画布的时候,他顿时变得年轻了。迄今为止,事态确实按照船津的设想发展着。

但是,他的设想只考虑到向好的方面发展的一面。他认为只要祁答院拿起画笔,就会萌发对画的执着心,凭借毅力能够活得更长久。只要事态向好的方向发展,一切都会产生良性循环。然而问题并没有那么简单。祁答院面对画布的时间一天只有几个小时,这个时间里他会忘却死亡,沉醉在画的世界中,可在除此之外的漫长的时间里,死神步步逼近自己的恐惧却始终萦绕在他的脑际。这一点从他面对画布时和不面对画布时的两种态度中就能窥出端倪。面对画布的时候,他的眼睛炯炯有神;可是一旦躺在病榻上,他的眼睛顿时就无情地黯然失色,只是呆滞地凝望着空中。偶尔他闭上眼睛,痛苦地蠕动一下眉头。表面上他显得镇定自若,可是看不出的内心世界里却翻江倒海似的躁动,死亡的恐惧无时无刻不萦绕在他的脑海之中。由于长时间地处于一种忐忑不安的精神状态中,祁答院食欲不振,体力也逐渐走下坡路。这种消极因素并不能依靠面对画布的几个小时所能弥补。

积极因素和消极因素相互抵消后,消极因素还是占据着主导地位,并且他还没有画出一幅像样的画儿来。

归根结底还是自己的想法过于苛刻了吗?

船津每次看到祁答院故作镇定的样子,都会产生一种跪拜在地上向他致歉的冲动。

四月到了,医院的中庭里满目是盛开的樱花,草坪也绽出嫩绿色。午休的时候能看护士们陪伴着坐轮椅或拄拐杖的病人在晒太阳的情景。

向祁答院宣告死亡已经两个月过去了。根据当初的预计他还能活上半年多,可是他的体重已经从手术前的六十五公斤下降到五十七公斤,就是说这两个月当中掉了将近八公斤肉。照这样消瘦下去,不出半年,他的体重就不及一个小孩了。

"先生想吃什么尽管让他多吃,吃什么都可以,点滴输液是最后的手段。趁他还能吃,从嘴巴吃下去最好不过了。吸取营养的肠子还没有被侵蚀,所以只要能吃东西,应该就会长胖,增强抵抗力。"

夫人接过话茬说:"我也是这么想的,所以只要是他想吃的,我就马上找来给他吃。可是他吃了一两口就说不要了。前几天他说想吃毛蟹,我就特意让人从北海道寄来了。没想到他吃了一只蟹脚就说不吃了。花了好大劲儿才弄到手的,说不清是觉得可惜还是窝囊,当时我心里真是说不出的滋味儿。"

"也许越想吃反而越吃不下去。"

"可是他还是没完没了地凭借着回忆要吃这个,要吃那个,前几天突然提出要吃鲍鱼呢。人快要死的时候,想吃的东西也会变回到孩提时代吃过的东西吗?"

听说祁答院的出生地是房总半岛南部的 K 市,也许他以前曾经潜入海底捉过鲍鱼吧。也许他在死亡阴影的笼罩中追寻着少年时代的记忆。

四月过半,祁答院自己提出想去房总的 K 市看看。

"乘汽车往返,两三天工夫就可以了。"

祁答院静静地垂下头去,一反以前对医生的那种目空一切、消极抵抗的态度。

"是先生的出生地吧?"

"是的,是一个温暖宜人的地方。"

虽然病情稍微稳定住了,可是巨大的癌肿还在他的体内盘根错节,肛门还在排液,人造肛门也需要时时清理。外出一宿以上是件很棘手的事情。

"能当天往返吗?"

"当天?"

祁答院闭上了眼睛,仿佛在询问远处的波涛声。

"您只是看看市容吧?"

"是的……"祁答院突然张开了眼睛说,"我想画画。"

"画K市吗?"

"是的。"祁答院的眼睛再次炯然闪亮,"这也许是我最后的一幅画了。"

原来如此啊。船津现在终于明白祁答院的用意所在了,死期将至,他想描绘一幅故乡的图画。这无疑是留给世人的最后一件东西了,他要把所有的生命力毫不保留地倾注到这幅画中。船津找不到理由阻止祁答院的这次K市之行。

"好的,您去吧。"

"去几天呢?"

"您需要几天呢?"

"有两天时间,至少可以画个素描什么的。"

"您的创口请去K市的医院换纱布,我给您写封委托信。"

"没有问题吧?"

"没有问题,你能行。"

祁答院燃烧着对画画儿的激情,船津心想,沉浸在画中的期间他是不会死的。

四月十五日,祁答院结束了加上往返耗时三天的旅行回到了东京。据说房总半岛比东京气温至少高两三度,已经进入初夏了。

回到阔别已久的故乡,眺望大海,呼吸清澄的空气,祁答院变得性情开朗了。不论见到什么人,就逮住他大吹一通K市。回了一趟故乡,祁答院仿佛一夜之间变成了一个小孩儿。然而他毕竟是一个患有晚期癌症的六十三岁的老人,三天的汽车旅行让他感到疲惫不堪。别看他表面上兴高采烈的,可是皮肤发黑、清癯的脸更是形如槁木。

回来的第二天,祁答院开始发低烧。三十七度五的体温虽然不高,可是考虑到癌症的因素,这绝不可掉以轻心。癌症大面积扩散开来,癌细胞吸收掉全身中的养分,那就会导致被称为"恶液质"的极度衰竭,低烧持续不退。发烧本来就消耗体力,何况是一个苟延残喘的癌症患者,它带来的影响是致命性的。不过他们大多都要经历这个过程。

在绫野的授意下,船津为了恢复祁答院的体力,开始给他打点滴,并且加服退烧药和营养剂。

低烧使得祁答院的脸泛出淡淡的红润,眼睛湿漉漉的。尽管如此,他还是不停地说话。现在正是需要他闭门谢客,可祁答院总是竖起耳朵倾听休息室的动静,不论是谁他都想见。可是一会儿工夫他就感到疲劳,稍事休息后又要见人。身体虚弱了以后他好像突然变得平易近人了。

可能是连续几天打的点滴奏效了,祁答院到了第十天就恢复到平常的体温,可是早上和傍晚偶尔还有低烧。发烧的一般规律是因为白天身体运动了,傍晚到夜间体温上升,癌症患者发烧的规律与此不同。

到了四月末,祁答院逐渐退烧了,与此同时他开始感到背部到腰部疼痛。腰部的痛觉以前就时有发生,可是这次比以往的任何一次都强烈,而且频率提高了。即使是兴致勃勃讲话的时候,一阵疼痛袭来,他顿时就缄口不语,脸色变得苍白。金子夫人见状马上请客人离开。

痛觉像登台阶似的渐渐到达顶点,祁答院身体佝偻成球状,嘴部顶住床单,不停地发出动物般低重的呻吟。

"终于发作了。"绫野轻轻点点头命令船津给他打麻药。

癌症向上扩散开来,其中一部分已经开始侵蚀背部到腰部神经的中枢——腰部神经丛,这是直肠癌、子宫癌晚期常见的症状。

疼痛每天造访一次,像敌人的常规袭击一样,每次都要打麻药。控制袭击神经中枢的疼痛,除了打麻药别无他法。

但越是打强烈的麻药,体力的消耗就越大。麻药起作用的时候,身体也处于一种麻痹状态,这种消耗反而愈加明显。如果纯粹考虑到身体,莫如不打麻药,可是如果是这样,就根本不可能抵御如此强烈的疼痛。船津明明知道祁答院身体孱弱,却还是不得不给他打麻药。

事到如今,船津也横下一条心了。反正祁答院来日不长了,让他尽量活得轻松一点,这是医生应尽的职责。

尽管如此,他认为同意他去K市也许是一种错误,明显是打那次旅行回来以后他才发烧、疼痛加剧的。虽然知道这些症状早晚会出现的,却不料来得这么猛烈。之所以同意他去旅游,是因为被祁答院的"想给故乡画一幅画再死"的愿望所感动。他原本以为一个伟大的艺术家借此可以为自己的一生画上一个句号,可是结果却不遂人愿,非但没有拿起画笔,反而加速了他死期的到来。并且这种错误不是第一次犯了。

"唯有艺术家是应该告诉他死期的"这种想法本身,也许说到底还是过于幼稚了,船津在心中默默地向祁答院忏悔。

六

打上次旅行回来三个星期过去了,五月初的一天祁答院突然提出要把画具带进病房里来。

"我想在这儿画画,可以吗?"

祁答院右胳膊一边打着点滴一边问船津。

"这儿能画吗?"

"把床移到休息室,这个房间全用上的话就行。"

"您在休息室睡觉吗?"

"画画期间我谁也不见。"

瘦得陷下去的眼睛泛出异样的光芒,祁答院作为艺术家的意识好像终于觉醒了。

"要花几天时间?"

"不知道,总之在临死之前要画完它。"

祁答院嘴里说着,同时眼睛里透露出灼热的光芒,金子夫人在一旁一言不发。那副表情似乎在表述"一言既出,驷马难追"的决心。

"你说的不错,这是我最后的一幅作品。"

"……"

"没有问题吧?"

船津避开了即便避开也能感觉到的祁答院灼热的视线,不禁思绪联翩。现在准许他画画等于逼迫他去死,但是话说回来,事到如今根本无法拒绝他的请求。宣告他的死期也好,准许他去旅行也好,这一切都是为了他能够画出最后的杰作。虽然在医学上是以失败告终的,可是这个失败只能通过描绘出杰出的作品才能得到补偿。

船津抬起头来一看,墙上挂历上的日期又用红叉涂掉了一天。他心想祁答院还能活几天呢?

船津回过头来看着祁答晓说:"没有问题。"

"你让我画了?"

"我马上派人给您搬床。"

"明天我就开始动真格的了。"

"加油!"

船津现在与其说是一个医生,不如说是祁答院的一个助手。

西侧的一整面墙上挂着一个三十号的画板,祁答院背靠在画板前的椅子上,取出在房总半岛完成的素描画册。他显得胸有成竹,从第一天开始就梳理出了头绪。想画画的欲望驱使着他在画布前坐定下来。

日本画首先是用炭精条描绘出一个大致上的轮廓,接着用线描笔打上底线,再进行精加工,然后用毛刷给整个画面涂上底色。到此为止是底稿的阶段,这是一项非常需要耐心的工作。

他们约好一天画两次,每次各两小时,分别是身体状况比较稳定的上午十点到十二点和下午两点到四点。

可是这对瘦弱的祁答院来说是件苦不堪言的事,画面中部坐在椅子上也能够得着,可是顶部和最下端必须踮起脚来或者蹲下来才能够得着。从上次旅行以来,整天卧在病榻上的祁答院稍微站立一会儿就会感到头晕目眩,站上十分钟浑身就会虚汗直冒。他在安乐椅上坐定,调整好呼吸,积蓄着力量,这期间他那双灼热的眼睛一刻也不曾离开过画面。

在他画画的时候,别说探视者,甚至连船津都不和他搭话。即使和他搭话,他也不会理睬,他所有的注意力都凝聚在画面上了。可是正因为他太全神贯注了,完成两个小时的工作,他就累得筋疲力尽。回到病床上一躺下,他就像浑身的力气消耗殆尽似的昏睡过去。他睡觉的时候口唇轻启,脸颊凹陷,眼睛四周布满黑眼圈,睫毛下留下一层淡淡的阴影,土色的肌肤看上去怎么都不像一个活人。

可是一到下午两点他就再次睁开眼睛。有时是在疼痛中醒来的,睡着了的时候是夫人叫醒他。有一次祁答院好容易才睡着的,夫人不忍心叫醒他,祁答院为此大发雷霆,把病床上的毛毯全部踢掉。

"我的生命是有期限的,这个期限是绝对性的。它不同于展览会的截止期,也不能等到明年再说。"

不知道他哪儿来的这么大的力气,祁答院大声叱喝道。从那以后丈夫不论怎么酣睡,夫人都坚持把他叫醒。对祁答院来说,下午的两个小时比上午的两个小时还要难受。下午他不是站着工作,而是坐着一门心思地精雕细琢,还不时地把椅子往后挪动眺望整体的效果。画着画着,还不断地自言自语地说着牢骚话,那副沉湎于画面中而不能自拔的模样简直像个疯子。

开始画画的第三天给祁答院称了称体重,已经低于五十公斤大关,降到四十九公斤了。一米七的身高在他那个年代来说,算得上是高个头了,体重降到这个程度已经超过极限了。

一周过后病房里出现了两位助手,他们都是祁答院的弟子,住在他的家中。两个人按照吩咐替老师画他手难以够到的地方,可是别人的手毕竟不如自己的手听使唤。

"再画得圆一点,稍微往下一点。混蛋,过头了!真笨!"

他坐在椅子上把自己力不能及的焦虑一股脑儿地倾泻到他们身上,在合作过程中弟子们被骂得狗血喷头。要三十岁不到的学徒与年逾花甲的天才画家画出同样的线条,这无疑是太难为他们了,可是他的脑子里只有这幅画儿,容不得他考虑什么勉为其难还是理所当然的问题了。弟子们从金子夫人那儿听说老师只有几个月的余生了,唯有默默地接受他的骂声。

画了一个半月时间,画稿总算完工了,终于要进入着色这道工序了。

可是就在前一天祁答院体温又上来了,晚上量的时候是三十七度八。过度的劳累又让他再次发烧,到了第二天早上体温仍然不低于三十七度五,没有一点胃口。

船津及时命令给他打点滴,祁答院不停地大口大口地喘着粗气。

"今天还是休息一天吧。"

船津放下听诊器在门外告诉夫人,可是十点钟夫人匆匆忙忙地跑到门诊处找船津。

"他说今天也要工作。"

"真的吗?"

"他自己把注射针头拔掉了。"

于是船津赶回病房一看,休息室的病床上空荡荡的,输液管悬在空中。

"笔,把我扶住了!"

从里面的房间里传来祁答院那熟悉的叱骂声。一打开门,发现祁答院被两个助手从两侧搀扶着站在画板前面,颜料盒摊得满地都是,简直无法插足。还有一个助手不停地往画笔上涂上颜料递给祁答院。

"红色!"

祁答院向助手要红色颜料时金子叫住他了:

"他爸。"

祁答院闻声回过头来,后背依旧被人搀扶着。他在睡衣外面套了一件从胸部到膝盖的白色工作服。

"大夫来了。"

祁答院简短地瞟了船津的脸一眼,马上又默默地把视线拉回到画面上来。

"太淡了。"

祁答院低声说了一句,把递给他的画笔还了回去。虽然颜色只涂了右边的一小块,可从线描上可以看出是一幅海岸风景画,布局上连绵起伏的丘陵前面是一片大海。

夫人显露出一副困惑的表情。

"没有关系,让他去吧。"

船津一边回到休息室,一边回想着祁答院蓦然回首时那双像火一样炽热的眼睛。

七

梅雨过去,夏季来临了。根据初春时候的判断,原本担心祁答院只能维持到夏天,可是尽管时有低烧,为病痛所困扰,不过五月份之后他没有明显的衰弱。尽管身体孱弱,可是看上去却显得精神起来了。

对画儿的那份执着成了支撑他身体的唯一支柱。

船津已经无法违抗祁答院的心情:他说想起床就让他起床,他说想睡觉就让他躺下,他说痛就给他打止疼针,他说烧得难受就给他打退烧针。到头来船津成了一个似是而非的医生,祁答院怎么说,他就怎么做。他能为一个面临死亡的艺术家所做的事情仅限于这些了。

祁答院兴致高的时候可以连续半天不躺下,累得不行的时候就卧在椅子上指挥弟子,即使到了清理粪便的时间也不停止发号施令。

"最后上一层深绿色,涂得浓一点。"

祁答院一边让人从腹壁清除粪便,一边目不转睛地看着画面。

画儿一步一步地临近完工了。画面的近景是一片盛开的花朵,前方是一望无际的明媚的大海,令人炫目的房总半岛的春天。

不知不觉中船津巡诊的目的发生了变化,与其说是探望祁答院,不如说是来看画儿的。

虽然九月已经过半,可是天气依然炎热。祁答院病房里的空调一天二十四小时都在鸣响。正是这个时候,船津从护士那儿听到一件咄咄怪事。

"最近祁答院先生的房间夜里也亮着灯呢。"

"熄灯以后吗?"

"他有一次求我不要熄灯,可是不能他一个人搞特殊化呀,于是我拒绝了他的要求。他对此也表示理解。"

"那么是开着台灯吧?"

"我觉得是的,灯光很弱。"

"夜里也在工作吧。"船津看了看对面的挂历。

"可是有点奇怪。"

"为什么?"

"我只是隐隐约约地瞟了一眼,好像看到一个女人。"

"这有什么奇怪,夫人陪着他的。"

"可是……"

"到底怎么回事,你就直截了当说吧。"

护士迟疑片刻后垂下了眼帘:"是赤裸着身子的。"

"赤裸着身子,那个女人?"

护士点点头。

"真的吗,你没有看走眼吧?"

"不可能,不止我一个人看到了。"护士说出了值班室其他三个护士的名字,"这么多人都看到了啊。"

"夜间巡视的时候或者进去拿血压计的时候偶尔看见的。"

"那是夫人吗?"

"我想是的。"

"他们在干什么呢?"

在丈夫的面前赤身裸体原本是无可厚非的事情,接下来要做什么也纯属他们的隐私。尤其是祁答院现在想做什么就可以做什么,即便这个传闻并非子虚乌有,一个都活不到一个月的老头还能做什么出格的事吗?

"嗯,随他去吧。对先生来说画才是命根子啊。"

这个传闻船津没有当回事,听过就忘在脑后了。

八

十天过后的九月末的一天,祁答院正笃突然觉得胸口难受溘然长逝。下午六点钟,弟子们离开病房后过了一个小时,倚靠在画面前的椅子上的他在夫人的搀扶下想挪到病床上,刚跨出一步就倒下了。

据说他"哎哟"了一声,按着胸口。

船津迅速赶到,和护士一起把他抬到床上翻起他身子的时候,脉搏已经停止跳动了,戴上听诊器也听不到心跳。来不及给他吸氧,来不及给他打针,他就断气了。明知死神迟早是要来的,可是一旦真的死了,又觉得他怎么能说走就走了呢?金子伫立良久,不敢相信这是真的。

医生推断死因是癌症转移引起全身衰弱,导致心力衰竭。身体的所有机能不断地超负荷运行。手术后本来估计能活一年的,最终只活到它的一半。

"弟子们回去以后他盯着画儿足足看了一个多小时,嘴里还叨叨说只等明天签名了。"

丈夫死得太突然,金子迫不及待地告诉船津,甚至忘记了流眼泪。为照顾丈夫她已经竭尽全力了,她的脸上洋溢着满足感。

"脸上变成了大花猫。"

祁答院是倒在铺满颜料的地板上的,红、黄、蓝……各种颜色的飞沫溅了他一脸。金子用手帕缓缓地擦拭着飞沫。

"大功告成,他心中的石头落下来了。"

船津觉得死因与其说是心力衰竭,不如说是画画完了。

"我得通知大家。"

擦拭完祁答院的脸,金子朝着护士值班室的电话走去。

护士们开始进行善后的处理。

船津打开门进入了病房,这里曾经是先生的画室。一幅三十号的画儿靠在墙上。盛开的花朵从画面的前方呈一条直线向远方延伸而去,可是其中竟然没有一朵是同样的。所有的花朵看上去都沉醉在喜悦中,欢快地晃动着脑袋。鲜活得要吐出芳香的花丛前方是一片大海。大海、原野、花丛无一不在鸣奏着生命的喜悦。

"太棒了!"

看着看着,船津的身体似乎也有点飘飘然了,禁不住要牵着别人的手大声呼喊着朝着大海奔去。

"大夫,人造肛门的地方怎么处置?"从休息室传来护士的声音。

"嗯,我马上过去。"

要离开的时候他突然发现倚靠在墙面上的那幅画儿的背面藏着另一个贴着麻纸的木框边。从旁边看去,大概是十号大小。

难道他画了两幅吗?

船津慢慢把它抽了出来,这幅画儿是反着放的,画面朝里。取出来以后,船津把它摆放在那幅大画儿的旁边。

"啊!"

船津刹那间倒吸了一口冷气,然后屏息凝神再次看了看。

十号大小的整个画面上描绘了好几对男女。每一对男女都是一丝不挂、如胶似漆地缠在一起。他们形态各异,有的在交媾,有的在紧紧互相追赶。画面的中央是一个倒仰着身体望着天空的裸体女子像,她的表情看似在愉悦中颤抖,又看似在痛苦中翻滚挣扎。她的脸好像是金子夫人,又好像不是。每个人都画得浓墨重彩,用丹朱两种颜料涂了一层又一层。

房总半岛的明媚春光和一丝不挂的男男女女缠绵的场景,这两幅画儿都出自祁答院的手笔,可是表达的主题却有天壤之别。

"大夫!"护士又在喊他。

"来了。"

船津一边回答,一边再次凝视了两幅画儿一眼。

光明和黑暗在这里相随相依,这种交织也是祁答院内心深处的真实写照。

"两幅画儿都没有落款。"

船津一边自言自语,一边再次扪心自问:向祁答院宣布死期,这究竟是对还是错?

猴子的反抗

一

今天一大早就发现了一件匪夷所思的事情。从昨晚开始,今年的第十五号台风大施淫威。夜里翻来覆去无法安枕,没想到不经意间这竟然成就了一道奇妙的风景。

我住进的医院是一所医学院的附属医院,隔着一条法国梧桐的行道树的道路,从我的病房能看到医学院的西门。

这所学校的大门口,面对着道路竖立着一块两尺见方的广告牌,这块广告牌挂出来快一个月了。广告牌中央画着一只长着奇特胡须的黑猫的脸,左下方用红漆和黑漆写着下面的字样:

求购猫咪

一只五十日元

药理学、生理学教研室

过往的行人走到这里会驻足观望一下，露出"嘿嘿"的表情。看着这个广告牌，心中会产生各种神秘的遐想。

被买走的猫咪用来做什么实验呢？最后会如何终结它的生命呢？他们对在医学院中进行的科学性的伤害抱有几分畏惧，又充满着好奇心。偶尔也能看到父母手指这幅略显蹩脚的画哄着撒娇的孩子的情景。

我本以为这个广告牌是用一块木板制成的，可是今天我发现原来不是这样的。上半部分画着猫脸的一块木板被大风刮落到人行道的边缘，就是说猫咪的头部不翼而飞了。而且令人发笑的是，两天前在学校礼堂里开讲的人类学讲座的大海报被拦腰切断，不知风怎么刮得这么巧，刚好卡在剩下的下半部的广告牌上。

海报折叠成不规则的形状，广告牌上的文字隐隐约约地成了下面的读法：

人类　求购猫咪

一只五十日元

我迫不及待地把自己的这一发现告诉了隔壁病床的金子先生。

金子先生以前是个裱糊匠，患有肝病。这种病很麻烦，每次腹部有积水就要用针头扎入腹部抽出积水。听我这么一说，他伸直上半身朝窗外探望。

"这可真叫绝。"

不出所料，金子先生会心一笑，不过他又一本正经地补充说，

"说不定就是这么回事呢。"

三十分钟过后,病房里的另外两位病友——石川先生和佐藤君好像也醒过来了,于是我马上把广告牌的事情告诉给他俩。

患胃溃疡的佐藤君苦笑了一下,石川先生只是神情凝重地瞥了我一眼,马上把目光转移到报纸上了。他原来是一名小学校长,是因患高血压住院的。他们的表情都不是想象中的觉得好笑的样子,我觉得有点扫兴。

六点钟量体温的时候,我把这件事告诉了胖乎乎的护士,她戴着一顶有一道横线的帽子。护士把鼻子贴在窗户玻璃上看了一会儿,突然发出一阵狂笑。这笑声听上去很鄙俗而且刺耳。突然她又意识到什么似的不作声了。

"你真是个大闲人。"她说完这句话就离开了病房。

我只不过想逗她一乐,竟然被冷嘲热讽地奚落了一句,心中很不爽。大家似乎已经遗忘了这件事,都钻入被窝默默地量着体温。

我心里牵挂着这件事,一次又一次看着广告牌,一直看到中午。吃中饭时我稍不留意,"人类"的那张纸片就消失了。

下午桐田医生来到病房对我说:"明天下午三点开始请你参加学生实习。"

"要做什么?"

"不用担心,你什么都不需要做的。"接着又叮嘱我说,"明白了吗?"

我如堕五里雾中,于是趁去厕所顺便到护士值班室向护士打听这件事的原委。她们看着我的脸笑嘻嘻地说:"让学生看你的症状。让你做什么你就做什么。"这话听上去挺轻松的,可是我心里七上八下的,不知道能不能胜任这项工作。

傍晚时分,两个学生说是要做明天实习的预先调查出现在我面前。他们打开书本,一边做着笔记,一边询问生病的经过、家庭情况。

"年龄多大?"

"五十五岁。"

"孩子呢?"

我脱口而出说"有两个",说完又感到迷惑。其实说"有过两个"才对,因为再过半个月我就要与妻子正式离婚了。这样一来,这两个孩子在户籍上也与我没有关系了。

"职业呢?"

"这你们知道,我现在是无业游民。"

学生重新问道:"我们问的是你刚得病的时候。"

在第二次世界大战之前,我继承父业在S市开了一家小有名气的服装店。从一所私立大学毕业后的第二年店铺倒闭,然后我去打仗了。从战场上回来后我靠变卖家当度过一段日子。从那时候开始,我的命运就急转直下。开了一家制造银箔包装纸的公司,以失败告终。涉足股市不慎,最终铸成大错,这更使我雪上加霜。在一家石油公司上了一年班,也是半途而废。又改行当上了保险推销员,可这个工作干了不到一年就觉得腻味了。老婆教学生学习舞蹈,无奈之下只好暂且靠她的收入聊以度日。生病行走不便之后便寄于姐夫的篱下打发光阴。最终我接受了政府的生活救济。回顾这十年,我觉得还是"无业游民"这个词最适合我。

学生从头到脚反复地打量了我几遍说:"明天就全拜托你了。"然后就离开了。

二

第二天下午两点半,我熟悉的那位胖护士来接我了。

出乎我的意料,她殷勤地让我穿上拖鞋,套上宽袖棉袍,用一种拥抱似的姿势搀扶着把我送上护送车。同房的病友目送我的离去,目光里充满着怜悯。

讲堂在四楼的外科医务办公室的尽头。这个房间以前已有耳闻,座位呈扇形分布,台阶状地步步升高。最低处是聚焦点,那里有一个讲台,讲台前面放着一张床。

穿着白大褂的学生们自由散漫地吸着香烟,或者在闲聊。一看见这个房间我就心惊胆战。众目睽睽之下会发生什么事呢?

十分钟过后,桐田医生一走进讲堂,学生们马上就在座位前坐定,讲堂顿时安静下来。护士让我躺在房间中央的床上,我在她的搀扶下一瘸一拐地走近那张床。

以前我曾经站在甲子园棒球场的投手台上,这里和那里有一种似曾相识的感觉。我在高高耸立的巨型看台的中央低洼处仰望着空中躺了下来。

桐田大夫夹杂着一些我听得糊里糊涂的医学术语开始讲解。通过能听懂的片言只语,我猜想可能是在介绍我的病况。

总之那天我接受了五花八门的测试。

首先,大夫示范了像鸡那样抬高脚走路让我模仿,接踵而来是一些莫名其妙的测试。

我唯命是从地按照桐田大夫要求的做。

比如说最简单却又匪夷所思的测试是所谓的双指交叉测试。

具体做法是尽量张开左右双手,再把双手的食指逐渐挨近,最后在鼻子前面合拢食指尖。

最初我是睁开眼睛做的,轻轻松松地成功了。

桐田大夫见状命令道:"这次闭上眼睛。"

我和刚才一样随随便便地试了拭,可感到两个食指的指尖快要合拢的时候,从学生们当中传来一阵轻微的叽叽喳喳的骚动声,应该合拢的手指却总也碰不到一起。

我心中直纳闷,使劲向前移动手指,不料指尖伸过头了碰到另一侧的手腕,总算停住了。

我连续试了两次都失败了,这时从学生们当中传来一阵叹息。正常人闭上眼睛似乎也能顺顺当当地在中央的位置合拢两根手指。桐田大夫在黑板上横着写上一些文字,继续进行讲解。

学生们对这种测试显得兴致勃勃,好几个人要求我反复地做同样的动作。在他们接二连三的指使下我闭上眼睛屡试屡败。于是我实在有点不堪忍受,对自己不听使唤的手指感到气恼。

匪夷所思的测试还在继续。也是让我充当学生实习的试验品后自己才发现的现象,别人敲打我的膝盖骨下方,我不会像正常人那样做出反弹的条件反射。他们用头部是硬橡胶做的榔头再怎么敲打我的膝盖下方,我的脚都没有向上弹的迹象。儿童时代我听说得了脚癣脚会抬不起来,于是和小朋友互相半开玩笑地做着玩儿。可是这玩笑竟然变成了现实,自己的脚就像长在别人身上似的不受支配了。

还有一种测试让我感到凄凉。

学生们拿起笔和针头,戳戳这里捅捅那里,还不停地询问:"碰到了吗?"可是我的脚底再怎么被人捣鼓也没有一点感觉,这让我十分纳闷。

"怎么样?"

学生们还是不厌其烦地追问,我无言以对,因为我实在是没有感觉。

"大家到前面来。"

最后桐田大夫把学生们叫到我的身边来。于是二三十个穿白大褂的学生簇拥上来一下子把我团团围住。

"注意了,大家好好观察一下光线照着的瞳孔。"

桐田大夫说着,冷不丁地把横着藏在手中的手电筒打开对准我的眼睛。顿时一团炫目的亮光袭来,我猝不及防,不由自主地背过脸去。

"别动!看着正前方。"

桐田大夫发出刺耳的喊声,无奈之下我只好睁开眼睛,于是二十多个学生一起都来窥探我的眼珠子。

这么多人盯着你的脸看,心里不会是什么好滋味儿,何况这时不是看我的面部表情,而是看我的眼珠子,就更给我一种奇妙的感觉。他们的兴趣都集中在我的眼睛上,这让我困惑不解。似乎我这个人与众不同。

就这样被人折腾来折腾去,将近过了一个小时,我终于被送回病房了,可以说总算平安无事地度过这一关了。

一回到病房,隔壁床位的金子先生就招呼我:"怎么样了?"我无心搭理他,只是随口敷衍了一句"没什么",就匆匆钻进了被窝。

我没有做什么特别的运动却觉得疲惫不堪。我用毛毯一直罩到脑袋闭上眼睛,回想起在出口处合上宽袖棉袍前襟时桐田大夫对学生们说的一句话:

"这种集所有典型症状于一身的情况也许看不到第二例了,真是过目不忘啊。这是一个罕见的三碰头的病例。"

想起这句话，我似乎才如梦方醒似的认识到自己的病是如此让人心里发毛。当然梅毒是一种可怕的病，可是我没有想到由此引起的脊髓痨是如此奇特，作为一种典型的病例让他们如获至宝。

我来到这家医院就诊是六个月以前，当时在门诊部第一次给我看病的桐田大夫告诉我："马上住院。"于是当天就为我腾出急诊病人用的病床让我住进去了。让我住院的时候，我担心费用太贵而略有迟疑，可是他说"不必担心"，笑吟吟地安慰我。

于是第二天我就住院了。我做梦也没有想到，我这样一个穷光蛋居然如此轻而易举地住进了大学医院，因此我对桐田医生充满感激，而且感到几分歉疚。

可是现在的我对他的看法和以前大不相同。说句实话，我对他不抱什么希望。他的确在一丝不苟地检查我的病情，认真地一一记录在病历上，可关键是我本人心里一点也不痛快。非但不痛快，甚至觉得病情切切实实地一点点在恶化。

住进医院三个月以后我才从护士长那儿得知，因为我的病具有特别罕见的教科书般的症状，所以我被当作教学用患者加以对待，因此医疗费可以分文不付。

他给我看病，而我把自己的身体就像当作借来的东西一样交付给他。与其说他是治疗我的病，不如说是随心所欲地捣鼓着我的身体。

我的症状是难得一见的稀罕物，大家都来看热闹，所以在这里就诊和吃喝可以说是我理所当然的权利。

尽管如此，我还是希望自己能有几个同伴，即使这是不治之症。有几个人陪着，心里总觉得踏实点。我的病如果是一种罕见的奇病，没有什么有效的治疗方法，并且还在一点点恶化，那么我就无可救药了。想到就我一个人的名字将要从登记的名单上被删除，早晚将要从人们的记忆中消失掉，我实在是无法接受。难道真的就这样坐以待毙了吗？

回到病房，不久有人把夜宵送来了，我却没有一点食欲。我钻进被窝里继续苦思冥想，越想就越觉得忧伤。

和大家并肩站在一起，可是偏偏是我的立足之地坍塌了。从头部到肩膀，进而到胸口……我正在一步一步地陷入一个无底的深渊。这种不安压迫得我要窒息了。

三

今天重新竖起一块猫的牌子。

地方没有变，可是这次画的不是可爱的小猫咪，而是一只面相讨人厌的野猫，并且还戴着一顶红黄相间的花里胡哨的三角帽，与它那张暗乎乎的脸很不相称。可是相比起来倒是这只猫更加吸引人的眼珠子。掐指一算，打那个广告牌毁坏正好过了一个星期。

上午十点有一位女子来探视佐藤君。她已经是第三次来了，一进病房就熟门熟路地走进最里边的佐藤君的床位。她第一次来的时候还送给我们每个人一个大苹果和一个用软纸包裹的梨子。

这位女子身着一件绿色风衣，戴着一顶同样颜色的贝雷帽。我估摸着她是佐藤君的未婚妻吧。可是我和他不太熟悉，提这样的问题未免过于冒失了。

吃完中饭又有人来访了，这次是来探视我的。

"川井先生，有人找您。"护士的呼唤声惊得我直起身子。

很少有人来探视我。心里盘算着,即使有也可能是姐夫或者市政府福祉科的人吧。我漫不经心地摆好姿势。可是推开病房的门出现在我面前的竟然是两个穿着白大褂的学生。

"川井先生在吗?"

看见他们,我大失所望。我参加学生的实习已经过去一个星期了。临床实习阶段好像把学生分成三个大组,这个星期轮到第二组的学生观察我的症状进行学习。

两个人从包里取出笔记本,和上星期的学生以同样的顺序提问,然后开始检查我的身体。实际上我是想回避学生实习的。不过我是一个教学用患者,正因为我具有典型的症状,才能够逍遥自在地在大学医院待着,让医生和学生倒腾可以说是我生存下去的食粮。世上有一种玩杂耍的人凭借自己奇形怪状的躯体谋生,我与之相差无几。这对我来说,是一件重要的工作。

上星期的学生实习结束的时候,桐田医生对我说:"难为你了。"

我如实回答:"何止是难为我了,这简直太吓人了。"

他说:"别担心,你不会死的。"可是我担心的不是这个问题。体现在我身上的症状和医学书籍上记载的如出一辙,没有丝毫的偏差,这个让我忧心似焚。他只是把我看作一个有病在身的人,比起我这个人,我的病状更让他感兴趣。

"下个星期也要麻烦你。"

"要我好好配合你吗?"

"大家都指望你呢。"桐田说着抽出一支"High Light"香烟递给我。我接过香烟,可是却无心点燃香烟。

两个人比照着厚厚的医学书籍,开始检查我的症状。

"尽量张开双手,然后合拢指尖。"

"在中间位置。"

这个动作我早就知道怎么做了,我是这项测试的熟练工了。闭上眼睛做,指尖注定是合不拢的。两个人心满意足地在笔记本上记下了点什么。

我突发奇想,何不从这些单纯的学生身上打听出我想知道的事情呢?

"哪儿不好才会这样呢?"

他俩满脸困惑地面面相觑,没料到病人会冷不丁地提这个问题。如果是老练的医生,对这样的提问肯定是驾轻就熟地对付过去,不会一五一十说个明白的。可是学生们"哗啦啦"地翻了一通书,又仔细核实了以后说:"运动失去平衡,所以应该主要是小脑的协同运动的神经遭到了破坏。"

我降低了音调问:"遭到破坏是怎么一回事?是梅毒吗?"

"不,这是变性梅毒,并不是纯粹的梅毒。据说它的毒素比螺旋体更厉害。"

这次个子高的学生对答如流,我顿时觉得自己像一名考官。

"对不起,请跷起腿。"

又要做膝盖的测试了。他们用榔头敲打我的膝盖下方,我依旧没有反应。

"这种情况叫什么?"我一边任凭他们敲打,一边厚着脸皮打听。

矮个子说:"膝腱反射。"

高个子补充说:"不,是韦斯特法尔征①吧。"

"一般情况下叫膝腱反射,失去反应的状态才这么叫的。"

"这是哪个部位有问题?"

"脊椎。因为是末梢的反射路径的问题。"小个子显得不很自信,一字一顿地说着,每句话都要征求高个子的认同。

"这是第四节腰椎的反射路径受损的症状。"

"原来如此。"让"学生"回答自己的问题,我心中有一种快感。

他们俩按照老套路用笔和针尖开始做肢体的知觉测试,说这是掌握知觉的脊椎的后根受损的表现。测试完毕后高个子问:"还有什么遗漏吗?"

"这样差不多了吧?"矮个子似乎学习不太用功。

"眼睛不用测试吗?"听了我的话,他们直愣愣地看着我。

"对了,要做的。"高个子再次摊开了笔记本。

矮个子问:"三碰头都测试吗?"

"'三碰头'是什么?"

这个词在上星期临床课快结束的时候桐田医生说过,两个人再次面面相觑。

"到底是什么?"

我再次叮问,高个子显得很无奈地开始给我讲解:

"总之是三种要素……关于某种病的。就是说给这种病定性的三种最具代表性的症状。"

当时桐田医生说:"完美的三碰头。"

"那么我这个病的三要素是什么?"

---

① 韦斯特法尔征:膝腱反射消失的现象,可由脊髓痨等引起。

"这个嘛……"矮个子又卡壳了。

"韦斯特法尔征、阿盖尔·罗伯逊征[①]和力米特氏征[②]这三个。"

"什么玩意儿?叔叔德语一窍不通,教教我吧。"

高个子脸上又满是一脸困惑的表情。

"所谓的力米特氏征,四肢有时有像触电一样的麻木感觉吧?"

"嗯,嗯,没错。"我快活地回答。

"阿盖耳这玩意儿,我现在演示一下给你看。请朝这边看。"

他们对我非常客气,比起桐田大夫以那种理所应当的做派对待我,他们让我心里舒坦得多。

"有点晃眼?"

这还用得着说?

"一般情况下光线对着眼睛,瞳孔就会收缩,可是叔叔的瞳孔不会收缩。这个词说的就是瞳孔变得僵硬的这种状态。"

高个子好像学识很高深,于是我终于明白了自己一对着光线就头晕目眩的原因了。

他们把笔记本收了起来。

"得这种病会不会死呢?"我终于涉及核心的问题了。

"哪儿会死?这是慢性病,在二三十年当中只是一点点地发展。"

[①] 阿盖尔·罗伯逊征(Argyll Robertson pupil):又称阿·罗氏瞳孔,表现为两侧瞳孔较小,大小不等,边缘不整,光反射消失而调节反射存在。见于神经梅毒、多发性硬化症、酒精中毒性脑病、中脑附近肿瘤、延髓空洞症等。

[②] 力米特氏征(Lhermitte sign):向前屈颈时,体干和四肢会产生放电样的麻木,可自颈部一直放射至足底。多见于多发性硬化症、脊髓肿瘤、颈椎症性脊髓炎等也可引发。

"那么最后会怎么样呢？"

"影响到大脑吧。"矮个子不禁说漏了嘴。

"什么？"我慌忙反问道。开什么玩笑？听了这句话，我顿时乱了方寸。

"不，这个嘛……有时会侵蚀到大脑的。"

高个子尴尬地回答。虽然他这么说，可我相信矮个子说得更确切一些。到头来我的大脑将被梅毒吞噬，在精神错乱中一命呜呼。刚才我还摆出一副事不关己的样子问这问那的，现在才意识到这些症状都淤积在我的身体内而不得治愈，每种症状都是致命的尤物，我得的这个病非同一般。想到这里，我连说话的力气都没有了，沮丧地垂下眼帘。

"实在抱歉。"

他俩显得有些过意不去地低头致歉。其实他们过虑了，我得这个病他们是没有责任的。

"辛苦了。"我嘴上说着客套话，可心中还是闷闷不乐。

当天晚上我辗转反侧难以入眠，金子的呼噜声比以前打得格外响亮，这倒在其次，主要原因是从两个学生那儿打听到的各种症状的解释一直萦绕在我的脑际。

梅毒的毒素从脊椎转移到小脑是板上钉钉的事了，最后会直逼我的大脑。矮个子已经一语道破天机了。我对其他的事情不敢说三道四，可是发展到末期会侵蚀大脑，这可是最基本的医学常识。

毋庸置疑，桐田医生对这点再清楚不过了。小脑的什么部位遭到破坏，脊椎会出现什么症状他也了如指掌。对他来说，我是一个不可多得的珍稀病人，是一本活生生的教科书。我身上出现的每一个细枝末节的症状他轻而易举就能解释得一清二楚。我的一切都捏在他的手心里，已经没有什么秘密可言了。我的身体果真出现严重问题了吗？

我从被窝里露出两只胳膊，神使鬼差地做起双指交叉测试来。当我闭上眼睛的时候，右手食指和左手食指总是失之交臂，睁开眼睛一看，双指之间竟相隔五公分之多。

"下面给大家展示一下小脑失调的范例。"

明天下午，桐田医生准会在众多的学生面前一边让我演示一边洋洋得意地进行讲解，那个情景简直和在众目睽睽下表演杂耍相差无几。讲演者对杂耍的玄机无所不晓，他的心思是让我出出洋相而后从中取乐。

真是岂有此理！我可不愿做医生手中的木偶。我懂的东西他们也有不懂的，我可不愿受他的摆布。想着想着心生一计。

我从两侧移动手指，右食指总是在左食指前五公分通过。干脆我从一开始就错开五公分左右启动不就合得拢了吗？就是说一开始不打算合拢，结果可能会歪打正着。

我横下心来试了试。我估摸着左手向外侧偏离五公分，可是结果有时会相差甚远，总是不尽如人意。

我一心要借机报复一下桐田医生。尽管即便我的小把戏成功了，对我的病没有任何帮助，可我还是要好好吓唬一下这位对我的一切了如指掌的桐田医生，挫败一下这个在医学上稳坐泰山、不可一世的家伙的气焰。

练了三十分钟，不知不觉中两个指尖碰在一起了，简直难以置信。我再试了一次，迷迷瞪瞪中两个手指没有行进多远又走在一起了。也许能成,想到这里,我心中一阵狂喜。我继续再练了三十分钟,小心翼翼地做,两次当中至少有一次能成功。把左手手掌轻轻朝外侧偏离出至少五公分,在空中划个圆弧弯进来,就能与左手食指碰个正着。我把练得发酸的手放回被窝里暖和一阵,然后鼓起劲头练了一次又一次。好不容易找到了一点感觉,可又担心现在停下来,可能会前功尽弃回到从前。

练了一个小时过后,双指错开而过的概率三次中只有一次了。

只要能成功一次,就有希望。于是我更加坚定了自己的决心。

我又练习了三十分钟,练得八九不离十了。膝盖也许也能练出点门道来,我的心变得贪婪起来。他们指望我的膝盖被敲打也没有反应,满以为得这种病准会这样。桐田医生明天将要在众人面前大张旗鼓地解说这种不可思议的现象。

且慢,没有那么简单,我一定要让你的如意算盘落空。

我一累就想起桐田医生的那张脸,这又重新激发了我的斗志。敲打膝盖之后迅速地提起下肢即可。这一招不是每次都奏效的,可是两次中只要有一次看准敲打的时机抬起脚来,桐田医生准会惊慌失措。哪怕他大呼奇怪,学生们都已拥上来要看个究竟了。只要想做出反应,应该随时都可以做到。

我在被窝里支起双腿,用手掌的侧面"砰砰"敲打着膝盖下方。敲打的那一瞬间提起腿来,可是必须得像被弹出似的提起。光是抬脚貌似简单,可是如果装得不像就容易暴露,难就难在这里。那就尽量做得自然一些。我在被窝里反复操练,忘记时间一分一秒地过去了。

练习完这个,我从床上爬起来,去护士站借来一个手电筒走进厕所,在镜子前面凝视着自己的眼睛。一味地盯着映在镜子中的眼睛看确实很累人。我的瞳孔仔细一看确实有点变形,直愣愣地纹丝不动。医生说的没错,光线射在上面,瞳孔的大小没有丝毫变化。

改变瞳孔的大小看样子是没有希望了。折腾了二十分钟,我终于抗不过寒冷,失去了耐心,决定放弃了。

可是三碰头中的两项最终我可以推翻,退一万步来说,至少一项是有把握的。从厕所一回到病房,我再一次试了试双指交叉测试,第一次失败了,可是第二次近乎完美地成功了。

对学生实习我之前唯恐避之不及,可现在突然间却迫不及待地盼望它早点到来。明天一定要让他们瞠目结舌。届时桐田医生的那句"与教科书如出一辙的症状集于一身"的装腔作势的解说词该怎样改口呢?想着想着,我美滋滋地进入了梦乡。

四

这是初冬里难得一见的一个大晴天,我一大早就去了理发店。多年来我一直留着两鬓剪得很短的、活像个手艺人的板寸头,可是今天却理了个三七分。一方面是因为头发稀疏了,另一方面是因为我回想起老婆以前说过:"手艺人的板寸头没有品位。"

中午我一边收拾着饭菜托盘,嘴里一边哼着最近流行的小调。

佐藤君问:"你有什么好事情吗?"

"哪里哪里。"我夸张地摆摆手,嘴里依然哼着小调。

下午两点五十分,照例还是护士来接我。这次我毫不迟疑径直走去坐在讲堂中央的床上。

桐田医生和以前一样首先介绍我的病历,说书先生的开场白开始了:"那么大家看看病人吧。"

桐田医生从讲台上走下来站在床边,昨天来的两个学生站起来宣读了昨天的测试报告。他们似乎就我全身的健康状况在做一个大致的说明。

时间一点点迫近了,我把左右手攥得紧紧的,像是在重温昨日的感觉。可能是紧张的缘故,我的手掌渗出了汗。

"阿盖耳·罗伯逊症呢……"桐田医生站到我的正面来了,马上就要进行测试了,他倏地挥舞了一下手电筒直愣愣地照着我的眼睛。

这个暂且随你去做吧。我心里不服输地想。这个原本令人头晕目眩而生厌的测试,这会儿我却不觉得怎么苦恼。

"接下来是双指交叉测试。"

这句话我听得十分清晰。二十多个学生探起身子把目光集中在我身上。

你们给我瞧仔细了!

我的手指情不自禁地暗暗使劲。

"双手左右张开。"桐田医生的声音在鸦雀无声的阶梯教室中回荡,"好的,合拢。"

我的双手徐徐地靠拢。从一开始直到现在我活像个被人耍弄的猴子。

下面可就由不得你了。

我心中暗自高兴。

"这次闭上眼睛再做一次同样的动作。"

我的心怦怦直跳。

好好做哦。

我把手指往床沿蹭了一下,吸了一口气后缓缓地张开双手。心中盘算好,只要右掌略微朝外侧倾斜一些,保持七八公分的间隔双手向中间挪动就能碰到。

"昨晚不是练得十拿九稳了吗?"

我心里嘟囔了一句,然后合拢双手。马上就要碰到了。咦,怎么搞的?应该已经碰到了呀。失误了吗?失败了吗?正在我迷惑的一刹那,右手的指尖掠过一丝触觉。

碰到了!

我左手的手指不折不扣地触到了右手的手指,两个手指叠加在一起,再也不分开了。我决不会让它们再分开了。我缓缓地张开眼睛,桐田医生一脸瞠目结舌的表情映入我的眼帘。

我反问桐田医生:"这是怎么回事?"

他的表情由惊诧变成困惑。教室里一片死寂。

"再来一次!"教室里回响着桐田医生歇斯底里的叫声。

来就来,我一定要制服你。

我成功过一次,心里有几分底气了。

张开双手慢慢合拢,我牢记着昨晚的感觉。碰到了,这次两个手指是笔笔直直地合在一起的。

"眼睛闭着吗?"

"闭着。"

我迅速地回答。桐田医生气急败坏地盯着我。一刹那我突然觉得这不是一张人脸,而是一张杀人凶手的脸。接着我的眼睛被一块白色的手绢蒙上,他从口袋里掏出手绢蒙上了我的眼睛。

简直是多此一举,你这个医学专家到底要做什么?

借用医学的名义高谈阔论,我这点小把戏不就把你掀翻在地了吗？这么一来，诊断的依据不就成了不能让人信服的谎言了吗？道貌岸然的医生其实对病人一窍不通。想到这里，我心底涌上来一种难以名状的喜悦。

"打开！合拢！"

无须多大工夫，两个手指又成功地汇合了，学生中引起一阵骚动。以前的骚动是由我奇异得近乎完美的症状引发的，那简直和教材如出一辙。可是今天却不能同日而语，这是对桐田医生口若悬河的解释置疑的骚动。

"你，按照我说的做！右手垂下，抓住膝盖，左手放在头上。"

"哎？"我不解地问。这次与以前不同，双手不是向左右张开，而是上下张开，然后在脸蛋的位置让我合拢手指。

"闭上眼睛！"桐田医生的怒吼声又响了起来。

横向和纵向完全是两码事。我原来的方位感受到了干扰，如果还是按照练习时的感觉做，不可能成功。

"合拢！"桐田医生毫不留情地发出了命令。

两个手指哆哆嗦嗦地靠近，我猜想应该到了鼻子的正上方了。教室里又发出一阵躁动，我情不自禁地隔着手绢睁开了眼睛。两个手指错过去了，两个手腕互相碰到一起最终停了下来。

"再来一次！"桐田医生又让我重复了三次同样的动作，似乎想一举推翻我前面的成功。我在方位感上的误差在大家眼里已经是不可争辩的事实了。

"偶尔有些病人想顽抗，这挺有意思。"桐田医生的话引得学生哄堂大笑。

"顽抗"这个词我也明白是什么意思。我仰卧在床上，望着阶梯教室的高高的天花板，恶魔般的笑声再一次从四方形的天花板上朝我倾泻而来。我闭上眼睛屏息等待着笑声消停。

膝腱反射测试开始了。我心里有种无所谓的感觉,可是当我看到桐田医生手持榔头站在我身边的时候,心中涌上一种莫名的叛逆心理。

他一敲打我的膝盖,我就迅速地把它提起。他连续敲打了两次,我都如法炮制。

"右膝!"右膝也同样一敲打我就把它提起。

"左膝!"我的头上响起一个炸雷。

我急急忙忙地弯起左膝,榔头击打过来,我拼命提起左膝。

"再来一次!"榔头要再次击打过来,我迅速地提起脚来。这时发出哄堂大笑。

"怎么了?"我慢慢地环视了一下四周,低头发现榔头在膝盖上方停了下来。

桐田医生嬉皮笑脸地逼近我:"碰到了吗?怎么啦?你脚是抬起来了,那么你的病好了?"

桐田医生的话像机关枪似的向我射来,我慢慢地把抬起的脚放下。

"辛苦了!"桐田医生的话又引得全场一片哗然。

我回到病房。斗不过桐田医生,严格地说来,不是斗不过他本人,而是在医学这个把我解剖得体无完肤的庞然大物前面我没有丝毫胜算。

连着几天我像泄了气的皮球似的无精打采。

我的身体尽管是属于自己的,却由别人操纵着。我的五脏六腑暴露无遗,我只不过像一个装着损坏的部件苟延残喘的机器人一样,桐田医生把我这个机器人捏在手中得意扬扬翻来覆去地捣鼓着玩,这才是他的乐趣。

第六天下午,两个学生来找我,说是学生实习到这一组就要结束了。

"请便吧。"

他们检查我的身体,我却说上客套话了。虽然是属于自己的,却完全由不得自己,只能任人摆布,这样的身体对我来说已经无所谓了。

检查还是老一套。

"双手上下张开。"

双手交叉测试之前他们就已经定好规矩,然后窥探了一眼我的表情。上周发生的事情似乎已经传到后续实习小组学生的耳朵里了。他们拿出笔记本开始记录我的症状。我顺从了另一个与己无关的自我。

"我是完美的三碰头。"

"今晚不要刻意地练习哦。"

学生意味深长地笑笑,我默默地点点头。

已经进入十二月份了。我住进这家医院是四月中旬,转眼间七个月过去了。每天似乎过得很慢,可是回头一看,就觉得还是过得很快的。

早在七八年前我就感到腿脚不灵便,麻木感从脚尖延伸到膝盖,进一步扩展到大腿,现在已经殃及双手了。正如矮个子学生说的那样,毒素明摆着早晚要侵蚀大脑。回顾十几年来的病史,自己的病一步步地、确确实实地在恶化,这一点,我自己心里比谁都清楚。

窗外是一片夕阳残照下的景色,年末的街头上行人迈着匆匆的脚步来来往往。我看着他们远去的脚步,恍恍惚惚地想到他们在回家路上融入灯火阑珊的夜景里的情形。

吃完夜宵后,桐田医生出现在我面前。他大步流星地走近我,严厉地端详着我的脸:"明天不要耍什么小把戏,总归会暴露的。学生们可是顶真的,明白吗?"

桐田医生声色俱厉的态度一反常态,我把视线移开,没有回答他任何话。病房里的三个病友不知发生了什么事,用诧异的眼光望着我。

唯有黑洞洞的被窝才是我自由的栖身之地。不论谁的眼光都不会潜入这片领地里来。我告诫自己,什么都不要想,尽量让自己的头脑保持空白状态。

佐野君、石川先生、金子先生他们都是生活在与我不同的世界里的生物。他们都是匍匐前进,不像个人样。他们成群结队地缓缓前行,都有同伴陪在自己的左右。唯有我一个人被留在广漠的沙地上。也不知什么原因我总也追不上他们。佐野君不时地朝我回眸一看,却一言不发。我拼命地奔跑还是追不上。渐渐地我的双脚变得像灌了铅似的沉重。突然间桐田医生出现在我的眼皮底下。

"你还是留在这里为好。你是一个教学用的病人,这是一个无可争辩的事实。"桐田医生说着就急匆匆地跑开了。我拼命地追赶也无济于事,眼睁睁地看着我与他的距离越拉越大。

我胸口像被人紧紧勒住似的喘不过气来,不知不觉中我醒了过来。我是被桐田医生训斥了一顿后盖上被子闷头睡着的。我还记得窗外暮霭一天比一天加深的夕景。那时大概是快六点钟的时候吧。白昼显然变短了，我感到丝丝寒意从各个角落向我袭来。

今天我睡得很早，所以现在醒的不是时候。十一点差十分，大家都刚刚进入梦乡，是睡得最香的时候，他们三个人有规律的鼾声在我的耳畔回响。

"不要耍什么小把戏，总归会暴露的。"我不由得想起了桐田医生那低沉而刺耳的声音。

我难道真的斗不过他了吗？明天他让我做什么我还得做什么，我的四肢还要随着他的口令瞎忙乎，表演常人所做不到的节目。我的身体被他敲打着做出各种相应的病症表现。我这个玩具真是精巧绝伦，就像使用说明书上写的那样没有一丝一毫的偏差。我不管使出什么招数，都逃不出机器人操纵师——桐田医生的手心。

我伸出双臂，又神使鬼差地做起双指交叉测试来，结果右手的食指还是在左手的食指的前方错过去了。双指之间相隔五公分之多，反复试了好几次都雷打不动地隔开同样长度的距离，这使我更加相信自己的身体中隐藏着一种奇异的疾患。

我的手指在初冬的寒气中瑟瑟发抖，它们已经冻僵了，疾病也已经在上面刻下了深深的烙印。这样的测试重复一百遍也是不能改变结果的，这种病不是通过训练能够治愈的。与其说是病毒从脊椎扩展到了小脑，不如说是高级神经中枢已经遭到了破坏。

夜里透着几分光亮，虽说是黑夜，也并非漆黑一团。眼睛适应了黑暗，我的视野随着变得开阔起来。

夜阑人静中我身体里有个声音在沉吟，这个声音变成清晰的话语时,我的脑海里突然闪现出一个念头。

桐田医生明天把我带到教室,让学生观赏。他的解说滴水不漏,我作为一个教学用的病人只能配合他,学生中间又是一片哗然。一切都按部就班地进行。

可是这个安排未必就没有办法让它泡汤,地球不可能只是围着医生的意志转动的。明天的表演是否能够成功,说到底关键还在于我本人。如果我消失了,这场戏不就演不下去了吗?

十一点零五分。

我突然在睡衣外面套上一件大衣,急急忙忙朝着大门奔去,面熟的门卫一声不响地把我放了出去。对面那家药房刚好要关门。

药房的老板认识我,我对他说:"我没有医生的处方……"他面露难色。在我一个劲儿地央求下,他总算把药卖给我了。买了药,市政府发给我的零花钱几乎所剩无几了。

从外面回到房间里我就蜷缩在被窝里,直到从外面带来的寒气消失掉。明天我一定能把他吓唬住,这是他做梦也没有想到的。医学再伟大也不会料到我来这一招吧。一旦知道猴子不动弹了,耍猴人一定会束手无策吧。再怎么摆弄它也不听使唤了,随你让它从上下合拢也好,左右合拢也好,结果都一样。失去了猴子的配合,耍猴人的话还有谁相信呢?

我再也不受你摆布了。

只有我自己可以对自己的身体发号施令,再也没有人可以强迫我了。这一年中我一直盼望的也许就是这一瞬间。现在我一点都不感到害怕。

我的右手紧紧攥住安眠药的小药瓶,又把脸贴在上面,像是感受一下它的分量似的。塑料瓶盖发出清脆的声响落在地板上。

　　我一颗颗地数着药片放进嘴里。心里觉得很奇怪,这么简单的事情自己为什么以前没有想到呢?我含了口水,一口气把整瓶药咽了下去。

　　一刹那我心想:也许有人会误以为我是悲观厌世才自寻短见的吧。转眼又想,这已经不重要了。

　　在茫茫的黑暗中从视线的两端出现两个细长的白乎乎的手指,它们缓慢地靠近。眼看着要碰在一起了,可是却好像事前串通好似的巧妙地互相交换了位置,两个手指镇定自若地避开了。一个手指消失了,另一个手指又划着弧线出现了。两个手指清晰地出现,又清晰地消失掉。

　　这个动作在周而复始地延续,可是没有一个人在看。一个动作消失后两侧又有新的动作出现,循环反复,无休无止……不知不觉中我困倦地睡着了。

　　这时,我想自己一定能赢。

蔷薇的联想

一

冰见子的脚底出现湿疹是在梅雨下得最酣畅的六月中旬,她的脚长得小巧紧凑,脚心狭窄。穿的是二十三公分、九号半的鞋子。她脚心前面隆起的部分皮肤已经剥落和龟裂,看上去光溜溜的。仔细一看,湿疹已经蔓延到脚心中间了。虽然觉得不怎么痒,可是一挠,白色的表皮像粉末一样掉落。

是脚癣吧?

冰见子是创造剧团的进修生,晚上她在同一个剧团的师姐经营的一家小酒吧打工。这家酒吧坐落在新宿,名字叫作"蒂罗露"。

由于梅雨季节脚底经常出汗,并且在排练场有时会和伙伴们互相穿错拖鞋,或许是因此被感染上的。

"谁有脚癣吗?"

那天上午十点,她一到排练场就向伙伴们打听。那天是贝克特戏剧的研讨会,剧团的几位主要成员还没到场。

"你怎么了?"

"我好像患上脚癣了。"冰见子坐下来,把脚架在膝盖上面亮出脚底。

"你是说别人传染给你的吗?"同一批来的一个进修生探出脑袋窥视过来。

"谁知道呢?不过,脚癣这玩意儿一般都是被人传染上的吧。"

"没有例外吗?"

"不太明白。"

"只是长在脚底下,没有什么影响吧?"

"可是皮肤干巴巴的,那个部位好像不是自己的皮肤似的。"

"那么你涂一点紫药水试试看。"

"那个管用吗?我倒是觉得鱼石脂不错。"

"我各种药都试过了,结果还是涂碘酒最好。"

伙伴们纷纷涌上前来,七嘴八舌地开始谈论着自己的经历。令冰见子感到意外的是,她们当中将近有一半人都得过脚癣。

"幸好长在脚底。如果长在手上那可不得了。"

如果在舞台上飞舞的手被皮癣侵蚀,那可就大煞风景了。

"涂点药水过几天就会好的。"

"不过这玩意儿好起来很慢吧?"

"哪怕不能完全治好,至少可以稳定住。"

冰见子心想大概就是这么回事吧,于是把脚从椅子上放下来穿上鞋子。超短裙下面露出一双小巧玲珑的脚。

梅雨季节过了,可是冰见子的脚癣却一点不见好转。她买了一些药名冗长的成药涂在脚底下,当时是感觉舒服一点,可是恐怕是心理作用。才过了半个月,脚底的皮肤感觉僵硬得像干瘪的木乃伊的脊背一样。洗完澡百无聊赖地望着自己的脚底,硬邦邦的皮肤在光线的照射下像矿物质一样熠熠生辉。用手指一摁,既不痛也不痒。

这简直像大象的皮肤。

谁也不会知道她惬意地伸得直直的脚的底部隐藏着这样一个毛病,在柔软的脚上唯有这个部位像是别人的领地,与自己毫不相干。

到了六月底,冰见子突然想去医院看看。右脚的脚底好像更加发硬了,可是脚癣却没有扩散的迹象。她不经意间看了看自己的左脚底,发现了和右脚一样的湿疹,她觉得非常不可思议。把两只脚的脚底并排放着一看,部位和形状都惊人地相似。右脚出现得稍早一些,变得僵硬了,左脚上的湿疹和半个月前第一次看到的右脚上的湿疹一模一样。

这到底是怎么回事?

冰见子用右脚跺了两下地板,发泄心中的愤懑。

冰见子去了一家私人医院,这家医院离她居住的荻洼不远。招牌上写着外科、皮肤科、泌尿科和肛门科。冰见子看见最后的字样觉得很滑稽。

医生是一位年过半百大腹便便的男子。他看了看冰见子的脚底心,露出惊讶的表情,然后把眼镜摘下来反复地打量起来。虽然别人只是盯着自己的脚底看,但冰见子还是觉得浑身发痒。医生点了两三下头,双手叉在胸前斜着脑袋。冰见子想把脚缩回来,可是医生还在盯着看,只好作罢。沉思片刻后医生再一次伸出手,反复地在表皮脱落的那个部位摸来摸去。

"我这是怎么了?"

"……"

医生还在目不转睛地看着。

"我涂了这个药,可是一点效果也没有。"

冰见子从手提包中拿出一管用旧了的药膏,放在诊疗桌上。

"是脚癣吗?"

"像是有点像……"

医生交互地审视着冰见子的脚和脸。

你是皮肤科的大夫,一眼不就看出来了吗?

医生那毫不掩饰的目光使冰见子感到几分焦虑。

"能马上治好吗?"

"先检查一下再说吧。"

"检查?"

"也许不单单是脚癣那么简单,先抽点血验验吧。"

"抽血?……"

冰见子不知医生葫芦里卖的是什么药。

冰见子想问为什么,这时一位护士走过来,用橡皮管绑住她的上胳膊,往凸起的静脉上插上针头抽取了十毫升左右殷红的鲜血。

冰见子一个星期以后才得知自己的病因。

当时冰见子穿着一身白底的连衣裙,腰间系着一根黑色的羊皮腰带。下午的医院冷冷清清,只有一个提着购物筐的妇女在等着配药。

诊疗室内医生依然悠闲自在地坐在转椅上。一个星期前给自己抽血的那个护士,在医生的后面从热气腾腾的消毒锅里取出消过毒的钳子。这家医院离大路只有一条胡同之隔,四周却是一片寂静,只是偶尔传来一阵孩子的说话声。冰见子清晰地记得医生头部上方的窗户外飘浮着夏天的厚厚白云。白云驱散了暑气,在湛蓝的天空上闪烁着晶莹的光芒。

"检查下来的结果是血液病。"

"血液病?"

"是梅毒。"

医生说得很轻巧。他的这句话太唐突了,冰见子一下子还没有反应过来。

"这里结果出来了。"他把验血报告递给冰见子看,"我三种方法都试过了,结果都是两个'+'的阳性。"

冰见子看着摊在桌子上的病历中的一张粉红色的纸。在写着玻璃板法等方法的侧面,排列着两个"+"重叠在一起的符号"++"。冰见子神志恍惚,医生的话在她的脑子里还没有形成概念,好像听说别人得了什么病似的。

"今天就开始进行驱梅疗法吧。"

护士在她的手腕上打了一针以后她才如梦方醒似的意识到自己的病的严重性。看着白色的溶液渐渐注入自己的身体,她更加意识到自己的病非同小可。冰见子顷刻之间成了一个病人。注射结束后护士用消毒棉替她按住针眼。

"怎么会……染上的呢?"冰见子的声音低沉而沙哑。

"这个嘛……"医生点着一根烟深深地吸了一口说,"应该还是被传染上的吧。"

"被传染上的?"

"我看已经感染两年左右了,你心里没有数吗?"

冰见子长着一张瓜子脸,额头略高。她那双杏仁眼直勾勾地睁着,目光呆滞。护士走到水龙头边,用水冲洗刚才给冰见子打针的注射器,然后甩了两下,把水甩干后放回消毒锅里。尽管香烟还没有烧到要掉落烟灰的程度,医生在烟灰缸的边缘碾了几下。

"两年前?"冰见子嘴里嘀咕了一句,她一下子不能把两年前的记忆和一个特定的男人对上号,两者之间交织着几个结合点,在互相干扰。

"暂且先打一个疗程的青霉素吧。"

"能治好吗?"

"嗯,试试看吧。"医生换了一种方式回答她。

"结果会怎么样啊?"

冰见子意识到她对自己染上的病浑然不知,她只记得自己经常听到这个病名。

"现在是第二期,脚部的疹块是第二期中出现的梅毒性干癣。这个除了脚底以外,有时还会出现在手掌和额头的发际处。"

听完医生的话,冰见子摊开了手掌,又把左右手摆在一起慢慢地看来看去。

"你只长在脚底。"

冰见子慌忙抬头看着医生。

"一年或者一年半以前腹部、胸部侧面有没有出现过指甲大小的淡红色斑点?"医生投来试探性的眼光,"没有看见过吗?"

"……"

"有过吧?"

医生的目光咄咄逼人。冰见子发出一声惊叫,她好像见到过。洗澡的时候,猩红的斑点从乳房后面一直扩展到腰部。冰见子白皙的皮肤泛着紫色,静脉很浅,隔着皮肤看得一清二楚。用指甲一挠,划痕一定会变成一道红印,红印消失掉要比别人多花一倍的时间。宇月说是不让我在外面偷情,对着我的乳房和小腹一阵咬,于是我的身上留下了几个诡异的牙印。对了,是宇月,两年前的那个男人叫宇月友一郎。冰见子记忆中的结合点终于清晰地浮出水面了。

"这个叫作蔷薇疹,大都两三个月就会消失。这是第二期的开始。"

这样一说,冰见子想起来自己是在穿衣镜里看见所谓的蔷薇疹的。虽然已经二十一岁了,可是她的乳房还和少女一样小巧而坚挺。猩红的斑点从乳房后面越过苗条的腰身一直延伸到丰腴的小腹两侧,恰似落在一层薄雪上的一片片红梅的花瓣。冰见子看得出了神,虽然心里有点纳闷儿,可是那美妙的景致深深地吸引了她的目光,容不得生出疑心来。开始她还以为是在浴缸里泡得太久,皮肤烫红了。她用毛巾擦干了身体,浑身的燥热退去了,可是红色的斑点还残留着。不过冰见子并不介意,首先她既不感到痛,也不感到痒。

"传染上的,这就是说……"

"偶尔输血也会造成,除此之外几乎都是……"

医生含含糊糊地没有把话讲完。冰见子在记忆中搜寻宇月的模样,微微弯着肘部、往前探出上身走路是这个男人的特征。这个病是他传给我的吗?我的血里流入了他的血吗?血液病究竟是怎么一回事呢?冰见子还是丈二和尚摸不着头脑。

"这就是说血液里有这种病吗?"她这种说法有点犹抱琵琶半遮面的意味。

"病原体叫作梅毒螺旋体,是一种像虫一样的东西。"

"虫?"冰见子瞠目结舌地看着医生。冰见子的短发下面露着耳朵,鼻子略微往上翘着。乍一看她的脸蛋,和小女孩没有两样。

"它在我的血液里吗?"

"可以这么说吧。"

医生点点头从嘴里吐出一团烟来,烟团马上就杂乱无章地消散在空气中。室内的湿度升高了。这时从导诊台那边传来了女子的说话声。

这时冰见子的脑海里产生出一种特别奇怪的感觉,她莫名其妙地感觉到坐在自己面前的这位医生看上去简直是和自己不可同日而语的人种,就像电脑自动归类一样地自己和他们被迅速准确地划分到不同的类别里去了。这种划分是机械性的,没有情面可讲。小学分组的时候,再怎么哭闹老师也没有让我回到原来的小组,这和那时的冷漠无情有几分相似。再怎么挣扎也无济于事。

"如果随它去呢?"

冰见子虽然脸色苍白,可是身体里面却热潮涌动。她觉得自己的身体被切割成阳面和阴面两个部分。

"到了第三期,身上到处都会出现疹子,肿块也会增多,其中的一部分会溃烂。十几年后到了第四期,身体深处的神经、血管、内脏等有时也会被侵蚀从而丧命。"

"那么我也会这样吗?"

冰见子回想起从祖母那儿听说的地狱亡者的模样,举行庙会的时候从鬼神画中看到的奇形怪状的裸鬼一下子涌了过来。

"只要现在抓紧治疗就不会那么严重的,能够维持现状。"

什么虫在我的血液里呢?用力地揉肚子能够把它挤出来吗?

它的脸和尾巴长什么样呢？它是怎么动的呢？是像鼻涕虫那样还是像蜈蚣那样呢？或许是像书上所看到的头大大的精子那样吗？动的时候会叫唤吗？它吃什么来维持生命呢？另外它会不会在我的脚底安营扎寨,像蛇一样盘成一团呢？我滋养着它们,我这么一个瘦弱的人能养活这么多的虫吗？这些虫马上就充斥我的身体,从所有的毛孔中溢出。

"打针虫就会消灭掉吗？"

"几乎都能杀死。"

"能完全杀死吗？"

"这个得试了才知道。"

医生向冰见子投来温柔的目光,透着眼镜片也能感觉得到。冰见子的眼里映着医生,映着天空和云彩,云彩的底端被红色的屋顶遮住。消毒锅一煮开,锅里注射器和锅壁发出碰撞的声音。

二

冰见子是在二十岁那年的夏天与宇月友一郎认识的。

冰见子两年前开始一边就读于一所私立大学,一边在创造剧团进修。她从高中开始就喜欢戏剧,走的应该算是一条称心如意的路。剧团的排练和开会是在白天进行,节假日不会有影响,可是平时就上不了学了。秋季公演的时候,冰见子第一次登上了舞台。尽管是个跑龙套的角色,没有一句台词,可是她却很心满意足。就是从这个时候开始她把全身心的精力投入剧团之中疏忽了学业。

在大学里她学的是日本文学专业,可是她觉得与其在大学听那些照本宣科的讲座还不如在剧团活动身体、和兴趣相投的人交流,这样心里踏实得多。想当一个演员,大学似乎未必非读不可,于是她读了两年就辍学了。

冰见子家里在札幌开了一家比较大的杂货店,以前家里每个月都给她寄钱来,可是听说冰见子退了学一头扎进剧团里,父母一怒之下扬言要切断她的经济来源。冰见子也不示弱,她认为只要自己有这个愿望,就没有做不成的事情。考虑到父母不再给她寄钱来了,所以就去学姐开的那家酒吧里打工。她想总有一天自己会出人头地当一个好演员,争口气给父母看。

冰见子有机会初露锋芒是在大学辍学后第二年的春天。通过一个电视台的戏剧导演的介绍,冰见子的剧团揽到一份活儿。这是给一家叫作Y的内衣公司做广告,演员的条件是"天真丽质小姐风格的女性",由于是销售内衣内裤,赞助商特别要求女演员要具备清纯的感觉。

包括冰见子在内一共有三个进修生被列为候选人,三个人当中要数冰见子最年轻娇小。

北国的风土造就了她白皙的皮肤,脸上透着娴静的神态,这也许是她长着偏大的额头、一双三角眼以及偏小且上翘的鼻子的缘故。

最终的面试在电视台的小会议室进行。负责这件事的是一个叫花岛的制作人,除了他以外,赞助商方面一个五十上下的略显富态的男人也到场了,花岛介绍说他是Y公司的宣传部部长,名叫宇月友一郎。宇月听着花岛的说明,一边频频点头,目光一边在草稿纸和冰见子等三个人之间来回扫视,态度中充满着威严。

提了几个简单的问题之后,要求她们踩着舒缓的节奏扭动身体。这是广告里穿着内衣在鲜花盛开的原野上慢跑的动作的预演。

面试结束后过了三十分钟,宣布冰见子被录用了。在电视广告上抛头露面虽然和她在剧团里日后的地位没有直接的关系,可是因此不仅有一笔收入,而且在电视媒体上多少有点知名度。开了这个头没准好运就会接踵而来,对乡下的父母来说,电视广告至少比平平淡淡的舞台更具震撼作用。

冰见子出演的广告虽然没有成为轰动一时的话题,却也颇得人们的好评。玲珑匀称的四肢被修长的内衣裤衬托得更加楚楚动人。微微扬起的脸蛋秀丽中透着几分妖艳。冰见子按照规定把出场费的三成上缴给剧团,通过剧团挣的钱都是这么处理的。

面试过后一个星期,冰见子才听说关于电视广告出演者的人选,制作人和赞助商之间意见有过分歧。据说制作人花岛举荐比冰见子长一岁的香月祥子,而赞助商方面坚持决定起用冰见子。

那个人看好我。

冰见子回想起这位年近半百的男子的褐色眼睛。他一言不发,肘部靠在桌子上默默地注视着自己。

广告拍摄结束一个星期以后,宇月邀请冰见子共进晚餐,说是"拍摄顺利结束,要庆祝庆祝"。她如约赶到餐厅,花岛和宇月已经在等她。冰见子和花岛已经可以无拘无束地交谈了,可是和宇月几乎没有说过话。她有点拘谨,规规矩矩地应付着。喝了啤酒吃完饭,花岛说"我还有别的工作",就离开了。

"你没关系吧?再去喝一点,你陪陪我好吗?"

宇月用和面试时同样的眼光看着冰见子,冰见子没有理由拒绝。车子在青山附近的一家夜总会前面停下。他好像是这里的常客,一坐下就有一个和他相熟的男服务生跑过来跟他打招呼。

"以后工作上有什么要求就尽管说,只要做得到,我会帮你的。"

宇月看着映照在红色容器里的蜡烛的火苗,冰见子第一次近距离地观察他。虽然有点发福了,可是从他的脸上还是能找到昔日美男子的风采。

"听说今天是从伯母家过来的吧?"

不知道是听谁说的,连这种事他都知道。四周洋溢着豪华和安怡的氛围,那是冰见子梦中憧憬过的。令人陶醉的不仅是鸡尾酒,还有这氛围。

"你有没有喜欢的人?"宇月左手握着酒杯问她。

冰见子想回答"有",但是又打住了。宇月那双褐色的眼睛炯炯发光,这是一个男人的炽热的眼光,他已经不再是一个赞助商了。

"你这么一个大美人,有也不足为奇。"

冰见子垂下眼帘,她要戴上防护的面具以防被他看穿。她原本想封闭住自己的记忆,可是脑海里反而却浮现出伸吾的脸来。创造剧团的皆川伸吾比她大四岁。冰见子喜欢他,他应该也喜欢冰见子。

"算了,不说了。"

宇月笑吟吟地侧过脸去,鬓角上的白发在微弱的灯光下闪亮。冰见子像做贼似的偷偷换了口气。

她本想在外面吹吹风,可是宇月一出门就叫了一辆出租车。冰见子并不是没有一点预感,像小说中写的那样顺理成章地成了宇月的囊中之物。这对冰见子来说是头一次。

"放心吧,我会对你好的。"

冰见子的哭声平息以后,宇月说了这样的话。似乎一切都是已经安排好的。

　　他们发生肉体关系以后过了三个月,她从伯母家搬出来,在中野租了一套公寓,费用全部由宇月负担。

　　宇月每周来冰见子的住处三次,有时是晚上来,有时是工作时忙中偷闲来。她虽然觉得这样不妥,可是自己身体的觉醒让她愕然。她独自一人想这些事,有时会脸红,可是只要和宇月两个人在一起,就什么也不在乎了。心里的恐惧感正一点点地离她而去,这才是真正恐怖的地方。

　　宇月每个月给她的生活费非常宽裕,剧团里不再能看得到她的影子了。冰见子一味地等待着宇月聊以度日,他像吸吮新鲜的果汁似的贪婪地占有她的青春。伸吾在冰见子的脑海里已经黯然失色,逐渐离她而去。尽管如此,有时又会清晰地在她的脑海里复苏。

　　这种关系持续了一年半以后,宇月突然离开了人世。那是十一月末的一个夜晚,宴会结束后,他从新桥乘车来冰见子家的路上意外身亡。听说死因是大动脉瘤破裂,冰见子是从第三天的报纸的讣告中得知的。举行完葬礼,过了头七,冰见子还是在公寓里闭门不出。

　　她不能去凭吊他,可是心中一直期盼着,说不定宇月会按响门铃,突然出现在自己的面前。过了四十九天,她总算死心了。她活动活动筋骨,换上衣服走到大街上。虽然新年到来了,可是街上没有任何变化,阳面和阴面温度相差很大。她一边走一边想,如果宇月的病再晚三十分钟发作就会死在公寓里,于是禁不住打了一个寒战。

　　过了两个月,冰见子觉得必须上班了,于是她想到被自己遗忘的舞台。宇月死了,剩下的只有舞台了,可以说冰见子因宇月离开舞台又返回舞台。对自己这种行为冰见子感到几分气恼。

创造剧团在冰见子休息的这段时间内开始分化瓦解,三分之一的人已经离开了,伸吾也不在了。冰见子又回到白天在剧团、晚上去以前的那家"蒂罗露"酒吧打工的生活轨迹上去了。和冰见子一起进剧团的伙伴们都成了正式的团员,这一年半的空白使她远远地落在其他人后面了。一开始她感到很凄凉,一个星期过后她变得心灰意冷,可一个月过后她不再觉得痛苦和失落了。

人是可以顺应环境活下去的。

冰见子自己都对这种变化感到震惊。

夏天到了,这又唤醒了冰见子在那个灼热的夏季里委身于宇月的那段记忆,这是脑子回想起来的,同时也好像是自己的身体回想起来的。

三

冰见子脚底的湿疹后来稳定住了,没有扩散的迹象。一部分硬邦邦的皮肤还是老样子,可是扩散到脚趾间的湿疹不久就消失了。这不是通过脚癣药,而是采取驱梅疗法消除的,这让冰见子感到恐惧。

冰见子每天下午去医院。下午比较空闲,不会碰见什么人,不用等候就能马上打针。尽管如此,她还是和一个男人混熟了,他和冰见子一样每天来这里打青霉素。这个男人约莫六十岁,剪了个平头,总是整整齐齐地穿着一套和服。那模样看上去像是房东的丈夫,又像是当铺的老板。他一到医院,就报上名字,然后就在候诊室双手叉在胸前默默地等待护士叫到自己。他只是睁大着眼睛，可旁人却不知道他看在哪里、心里想着什么。这个男人名叫木本。

打针的顺序有时冰见子在前，有时木本在前，有时他是在冰见子用酒精棉摁住手腕的时候走进诊疗室。他一看见冰见子就连忙把视线移开，那副羞答答的样子与他的年龄不太相称。

医生正在填写木本老人的病历，冰见子凑过去看了看。病名的这一栏里横着写着几个字，冰见子只是偷偷地看一眼，没有看清楚。冰见子手里没有拿到过自己的病历，可是放在医生桌子上的时候，她瞄过一眼。名字的头一个字母是"L"，拼写好像也和自己的一样。其他人的病历都是用日语写上病名的。

只有我们两个人……

冰见子刹那间对老人产生了亲切感。年龄、性别、环境……所有的一切都没有相同之处，可是她却觉得遇到了一位亲朋好友，好像从出生的那一刻开始，两人就认识似的。

莫非是同病相怜……

即便如此，也太奇妙了。以前，不管是感冒的时候，受小儿哮喘折磨的时候，还是做阑尾炎手术的时候，她对患有同种病的人从来就没有产生过这样的感觉。好像还有更深层次的原因。

因为我们血液相同。

冰见子心想，是血液把老人和自己连在一起了。一想起血液，她不由得想起宇月的面容。他果真是那样吗？这个她还没有核实过。打完针冰见子坐在圆凳子上。

"您说过是两年前被感染上的，对吗？"她问医生。

"从发疹的状况可以这么推断，被感染后两到三年会出现现在的症状。"

与自己发生过肉体关系的,前前后后只有宇月一个人。

"那个人现在……"

"不。"冰见子思索了一会儿回答,"他死了。"

"死了? 怎么死的?"

"名字稀奇古怪的,叫什么大动脉瘤破裂……"

医生点点头,好像还莞尔一笑。

"果然如此。"

"什么原因呢?"冰见子想说,他看上去哪都没有什么异常。

"大动脉瘤这种病听上去像是一种独立的病,可是百分之九十的人是因梅毒引起的。那个人大概到了第四期了吧?"

"……"

"现在和以前不一样了,通过治疗症状不会显现出来,可是打再多的青霉素也是不管用的。"

"那么……"

"他自己得了这个病一直在接受治疗吧?"

"真的吗?"

简直令人难以置信,难道宇月果真会明明知道自己得了不治之症,还把梅毒传给比自己小三十岁之多、简直像自己女儿一样的我?

"这种病本身是慢性的,发展迟缓,也不会像以前那样溃烂,也不会像以前那样烂掉鼻子。连我也没有看到过典型的病例。既不感到疼痛,也不发烧,所以对患者本人来说只是患病而已,并无大碍。不过对孩子的影响是致命的,可能会引起流产,或者会生出畸形儿。战后发明青霉素的那一阵子数量减少了,可是最近却又多起来了。政治家、企业家等大人物里面也有不少人患这种病。"

冰见子双手紧紧地扶着圆凳子的边缘拼命地支撑着快要瘫倒的身体。她不能原谅宇月，这种明知故犯的行径太卑劣了！这哪是人做的事情？可是宇月已经不在人世了。

　　"怎么会有这种病呢？"

　　冰见子满腔的怒火无处发泄，她想找个人出出气，不管是谁都可以。

　　"这是哥伦布去南美大陆带来的，发现新的岛屿是一件好事情，可是把病也一起带回来就多此一举了。"

　　冰见子得知自己的血液病可以追溯到十六世纪的南美大陆，顿时感到头晕目眩。这个距离远得让人叹息。不是风吹来的，也不是船运来的，而分明是通过血液从一个人传到另一个人身上的，冰见子对此感到不寒而栗。

　　"你别太在意。你是轻度的，也没有什么明显的症状。"

　　然而血液中流入别人的血，这不就意味着我与所有传播这种病毒的男人交媾过吗？那我岂不是被黑人、白人、黄种人等各种各样的人侵犯过吗？冰见子闭上了眼睛，蔚蓝大海彼岸的绿岛、黑黝黝的肌肤映入了她的眼帘，似乎还听到一阵鼓声。

　　我想还自己血液的本来面目。

　　那天晚上，冰见子前所未有地没去店里上班。一整夜她都在考虑清理血液的问题。血液该如何清理干净呢？是用一块浮石搓掉，还是用注射器把它抽掉呢？左思右想，她发现如果这些方法可行，应该早就有人做了。这是徒劳无益的。可是为了知道是行不通的，这么做是不可或缺的程序。

　　冰见子感到精疲力竭，她的心情随之也释然了一些。

宇月心里是怎么想的呢？

白天在医院里郁积在心中的对宇月的怨恨略微淡漠了，她觉得不妨把宇月往好的方面想想。

冰见子在黑暗中仰卧着嘀咕道："归根到底，宇月孑然一身心里很寂寞吧？"

冰见子浮想联翩，直到黎明时分才迷迷糊糊地入睡。

四

小型台风刚过，带走了夏天的余热。清晨时分冰见子做了个突然间变老了的梦。梦中惊醒后她马上摸了摸自己的鼻子和眼睛，感觉到自己并没有异常。她梦见自己眼角上起了皱纹，头发完全脱落了。残风吹打着木板套窗，冰见子还躺在床上，等待着梦中的记忆渐渐模糊下去。

四周的人好像都上班去了，公寓里万籁俱寂。冰见子想起前几天验血的报告今天要出来了，昨晚睡觉前和睡着后她都一直惦记着这件事。

起床已经十点了，冰见子径直走到梳妆台前面坐了下来。额头发际处的胎发乱蓬蓬的，夜里水分流失后干燥的皮肤上看得见无数的毛孔。

没有出现新的湿疹。

看准了以后她站起来打开了木板套窗。一阵刺眼的阳光向她射来，这是秋天的阳光了。

吃了一个早午餐，洗完衣服，梳妆打扮停当后，她去了医院。到医院是下午两点，候诊室里只有一个提着购物篮的妇女和一个少年。平时下午两点左右去总能遇见的木本老人今天也不见踪影。她已经有一个多月没有见到那人了。

"最近木本先生没有来吗？"她一边掏出门诊单，一边问女导诊员。

"那位老大爷最近脚力不行了，走路跟跟跄跄的，有时还把拖鞋弄掉，所以都是他夫人陪他来。这个时间不方便来，他改在上午来了。"

"病情严重了吗？"

"年龄大是一个原因，另外他是从木场赶过来的呢。"

"木场？"

"是在深川的，您知道吗？"

"嗯。"

冰见子曾经乘车经过那里。从江户时代开始那里就是木材的集散地，一直很兴旺，一排排木头竖着堆放一直到门口的街景还遗留着往日的风貌。

"为什么从那么远的地方来呢？"

"这个嘛……"导诊员顿时满脸困惑地回头看了她一眼说，"我们大夫在深川的医院里工作的时候，老大爷当初就找他看病的。"

仅仅为了打一针青霉素他犯得着从那么远的地方特意到这里来吗？难道是因为他讨厌了一家医院后别人重新刨根问底地问这问那吗？冰见子回忆起打完针以后双手扶着拐杖守在候诊室里的木本老人的身影，心里直犯嘀咕。老人坐在那里，似乎若有所思地思考着什么。不过或许就是因为对自己的脚力失去了自信，他在等待曾经一度损耗殆尽的力量重新返回自己的身体中。

打了那么多青霉素还不见好转，还在进一步恶化啊。

一点点地并且真真切切地不断恶化,这让冰见子感到害怕。妇女和小孩都离开了,候诊室里只剩下冰见子一个人了。

"津岛小姐。"

听到叫自己的名字,冰见子从凉飕飕的思绪中苏醒过来。

"验血结果怎么样啊?"冰见子焦急地询问,语气中充满着期待。

"这个嘛让我看看。"医生的声音很洪亮,可是他翻阅病历的动作慢得让人着急。医生的手戛然而止,冰见子咽了一口吐沫。

"和以前大致差不多。"

"差不多?"

医生点点头,把粉红色的化验单递给她看,各种检查方法旁边的空格里和上次一样用红笔写着两个"+"号。

"没有好转吗?"

"这是急不出来的。"

"青霉素都打了那么多了呀,怎么……"

冰见子已经连续打了将近五十针了,手腕总是沉甸甸的,肩头硬邦邦的,皮肤都打得发紫了。

"最近有些病毒对青霉素产生抗药性了。"

"那就完全没有希望了吗?"

"可不能急啊。"

"还能治得好吗?"

这才是冰见子最想知道的,可是医生没有回答她,而是吩咐守候在旁边的护士说:"青霉素!"

"……"

"总之,心急喝不了热粥。"

医生和护士像进行流水作业似的配合得很默契,针管里一眨眼就注满了白色液体。

照这样恐怕治不好了吧?

下午在她的心中滋生的恐怖的萌芽,随着夜幕的降临,一点点地并且真真切切地不断膨胀起来。

人群在杂乱无章地流动,灯光把街头从白天变成了黑夜。随着秋季的来临,公司的职员在苍茫的暮色中踏上回家的路途。无数的人从冰见子的左右擦肩而过,有的人看着前面大步流星地走去,也有的人聊着天挽着胳膊溜达。有一家咖啡店,隔着硕大的玻璃窗能看到里面的包间。一个男子探起身来讲话,旁边的女子听得发笑。两个人的身影在晃动,却听不见他们在说什么。女服务员的身影也在客人之间来回穿行。咖啡店的拐角是十字路口,人流停了下来,四周满目都是人的背影,冰见子站在当中。大家看上去都很冷漠,让人觉得如果打声招呼会把他们吓跑似的。信号灯由红变绿,人群又开始涌动。

只有我是另类的人。

冰见子走进"蒂罗露",店里一片繁忙的景象,反而让她感到要窒息。平时冰见子要工作到十一点,可是这天她提前一个小时就借口头痛回家了。她感到莫名的心焦,下了电车目不斜视地往前走,她自己也不知道为什么这么急匆匆的。总之她想一个人待着。

十点半了,她一回到家就看自己的脚底,然后脱下毛衣和长衬裙。她用穿衣镜照照自己的正面,然后侧过脸去看看背后。白皙的皮肤晶莹剔透,在夜色中屏声静息地覆盖着婆婆的暗影。所有的地方都没有异常,皮肤上不见红斑和硬块,没有异常,血液的检查却呈阳性,这使冰见子感到不寒而栗。血液仿佛在身体内颤抖,表示阳性的"+"号让她联想起殉教徒的印记。

"唯独我染上血液病,这究竟是为什么?"

冰见子穿上睡衣坐在镜子前面的圆凳子上苦思冥想。毋庸置疑,宇月是罪魁祸首,可是追根溯源,花岛给剧团介绍演出的机会也好,自己加盟创造剧团也好,Y公司策划拍摄广告也好,这一切无一不是原因。它们交织在一起,互相渗透才导致这样的结果。

难道只有这些吗?

好像还有其他原因,再刨根问底,冰见子觉得还涉及另一个方面。自己做的那些不检点的事情,虽然不敢保证每个人都这样,可是有过这种经历的人为数不少。那为什么偏偏只有自己没有逃脱厄运呢?

冰见子心想准是冥冥之中自己被选中了,像是中了一张荒诞无稽的彩票。她不明白这场不幸是根据什么因缘降临自己头上的。是谁在幕后操纵这个因缘?是谁发出的指令?自己被相中似乎在情理之中,又似乎有悖情理。从这么多人当中偏偏选中自己一个人,这让冰见子感到害怕。想着想着,她不由得心底涌上一股孤独感。

我不愿意一个人这样。

冰见子像一只浮出水面的水鸟,坚定地挥了挥脑袋。她想得到与自己有同样血液的伴侣,不管是谁都成。

五

冰见子接近田坂敬介并没有什么特别的理由,他们相识偶然的成分居多。如果硬要找理由,也许是因为年龄与宇月接近,还有他那一副通情达理的样子。

田坂是一所私立大学的英国文学的教授,间或翻译翻译戏剧,给杂志写写戏剧评论。通过导演村濑的介绍,他以观察员的身份参加创造剧团的作品研讨会、学习会。虽然已经年过半百,可是相貌端庄。每个月他会突然在"蒂罗露"露两三次面,喝点兑水洋酒。

"蒂罗露"到十二点关门,冰见子工作到十一点。那天看准到了十一点,冰见子就离开了酒吧。拐过大楼的角落走到大街上的时候碰上了提早一步在拦的士的田坂。

"你家在哪儿?"

"在中野。"

"中野? 正好顺路。我送送你吧。"

在剧团里冰见子和田坂还没有两个人单独在一起说过话。田坂是剧团的顾问,冰见子是进修生,两个人的级别不可同日而语。在研究会上冰见子听过田坂讲话,声音很低沉,可是一说到英国作家的戏剧论,他就热情洋溢地说个没完没了。

的士到了青梅大街,离夜间的高峰时间还有一阵子。冰见子知道自己脑子里还有几分醉意。这一个星期她几乎每晚都泡在酒里,只有酒酣耳热的时候她才可以忘却疾病。

田坂注视着前方说:"听说你回绝了这次的配角是吗?"

"这样不好吗?"

"哪里哪里。偶尔休息一下看看内部同伴的演出也不是件坏事情。"

剧团这次上演的剧目是维司克尔的《大麦的鸡汤》,分配给冰见子的角色是主角级别的哈里的妹妹。

"我突然间害怕上台演出了。"

"演员难得一次这样的时候也无所谓。"

回绝了这个角色是因为自己患了血液病而不是其他的原因，她害怕自己身上带着浑浊的血站在舞台上。然而现在转头又想，既然知道已经无可救药了，不妨上台欺瞒大家。反正，田坂考虑到的那些冠冕堂皇的理由是不成立的。

"这是演员根本性的问题啊。"

对面开来的汽车的前灯照射过来，把田坂的脸照得亮堂堂的。

"的确如此，我们必须再次提出这样的质疑，在现代社会中戏剧到底是什么？戏剧到底能做什么？"

冰见子在寻思自己的病，田坂仍然在滔滔不绝地讲着。冰见子看着前方出现的光波，心里"一个＋""两个＋"地数着数。

"应该重新审视作为个体的自我，而不是作为集体的自己。也就是说看一看作为个体自己可以纯洁到什么程度。"

冰见子嘀咕道："作为个体……"她心想一个人太可怕了，一个人无法忍受。

"有了个体的意识才会产生连带感，怎么认识和发展这种连带感，这是问题的关键。"

"我……"

"不错，你和我之间到底有多少连带感，问题就从这里开始。"

传给这个人怎么样？

冰见子的脑海里这时突然掠过一丝恶魔般的想法。

"这又涉及为什么要做职业工作者的问题。生活在当代，积极地参与到当今社会中，那么在根本上必须有一项能从中感悟到各种各样东西的工作。"

就是他了！

冰见子心中的那个幽灵朝着恶魔的方向疾驶而去,一种不可告人的心思变成一个又红又大的圆圈扩散开来。

"我不想回去。"

"不想回去?那你打算干什么?"田坂的声音突然回到现实中来。

"带我走吧。"

"带你走是什么意思?"

"去哪儿都行,今晚我不想离开你。"

田坂把脸缩回去,重新审视了冰见子一遍后说:"此话当真?"

不记得走的哪条道,不知道怎么走的。定神一看,石头围墙上与眼睛处于同一水平高度的镂空处亮着宾馆的霓虹灯。自动门一打开,女服务员迎上前来。乘上电梯来到房间,冰见子醉意顿时消失了,田坂也是如此。

室内是两间房间连在一起的,头一间房子里摆放着彩电和冰箱。左手边的多层搁板上放着一个白底淡红色的长脚瓷瓶。女服务员离开后,田坂好像要掩饰自己的羞涩似的摸了摸这只瓷瓶。

"这好像是釉里红吧?不对,只是一般的有田瓷瓶。"

冰见子对瓷瓶没有研究,不过晶莹透彻的白底涂着红色使她感到不可思议。这时她不由得联想起自己曾看到的蔷薇疹。看着这个瓷瓶,她心里感到踏实一些。里间的床边放着一个两米高的长镜子,侧身躺下一看,镜子能照到床的上方。

"关灯。"

田坂关上了房间里的灯,可是台灯还亮着。灯光一直照射到镜子这一边,冰见子觉得自己的肢体被人用镜子窥视着。

"太棒了,多么完美的身体啊。"

经过长时间的爱抚之后,田坂终于侵入了冰见子的身体中,冰见子在黑暗中凝视着白底上涂着斑斑红点的瓷瓶。

冰见子和制片人花岛发生关系并没有与田坂邂逅时的那份偶然。花岛以前就频频地向她发起攻势,冰见子不过是顺从了他而已。

"待会儿陪我吃饭好吗?"

花岛俨然是一副花花公子的做派,在"蒂罗露"当着很多客人的面,若无其事地跟她打招呼。他大多是和电视台的圈内人来这里,有时还会带上让人眼前一亮的美女,她们都是影视圈的大碗级演员。

"怎么样?该是把宇月忘掉的时候了吧?"

花岛把女伴撂在一边,满不在乎地信口开河。他在决定广告女郎的人选问题上败给了宇月,他一直对此耿耿于怀。

"你不是有左右田瞳小姐吗?"冰见子说出了花岛最近经常带来的电视女演员的名字。

"我和她只是一般的朋友。"

虽然他这么说,可是他们俩的关系已经不是什么秘密了。不过冰见子倒不太在意,和花花公子上床,应该能多结识几个朋友。她提到左右田瞳的名字只不过是履行以身相许之前的手续罢了。

冰见子和花岛做爱是在和田坂结合后的第三天。花岛尽显花花公子的本色,演绎着长久的前戏,这也是一个男人全身心地伺候女人的态度。冰见子一边接纳花岛,脑海里一边描绘着自己的血转移到男人体内去的情景。想象唤起了她的激情,沉浸在亢奋中那种情景变得更加清晰。冰见子伴随着一种意想不到的快感达到了高潮,从中她感受到与宇月的性生活中不曾有过的新鲜感。

就像沿着去时的路线折回一样,冰见子全身慢慢清醒过来。她全然没有与田坂交欢时的那一丝愧疚感,相反,一种"完成对男人的转移"的满足感溢满她的全身。花岛不久就鼾声大作昏睡过去。冰见子泡在浴缸里,想象着一股黑乎乎的血流从花岛出发,经由女演员左右田瞳的身体进一步扩散而去。

六

只是看街景感觉不到季节的更替。从剧团回来的路上,冰见子漫步在神宫外苑才知道冬天正在临近。树木凋零了,天空旷阔得漫无边际。冰见子心想:趁人不备的季节更替与自己的疾病有相似之处。

夜里一个人行走也好,回到家也好,冰见子并不觉得怎么孤独。她躺在床上看着挂历,重新回想起医生说的那句话。

"一般感染上三到七个星期之间会出现湿疹。感染上梅毒螺旋状的地方,就是说接触到的地方会出现一两个黄豆般大小的硬块,专业术语这个叫作'初期硬块'。不过这个不仔细看是看不出的。尤其是女性长在身体的深处,很难发现。与此同时大腿根会肿起来,这叫作横痃。"

对这些症状,冰见子从自己身上找不到清晰的迹象。可是被他这一说,又觉得在自己的胯部曾摸到过细小的硬块,不过那时她没有进一步地核实。她做梦也没想到自己会染上这样的病,自然不会那么在意。

"到了第二期,你也注意到了,最早出现的是蔷薇疹。这个时期指的是感染后三个月到三年之间。"

男人什么时候会出现蔷薇疹呢？从十一月起算,经过三个月到了第二年的二月初,他们身体上就会出现蔷薇疹的斑点。

"发生一两次关系也会传染上吗？"

面对医生冰见子没有丝毫的羞涩,她没有秘密可言了,一种破罐子破摔的心理增加了她说话的勇气。

"当然会传染上了,特别是第一期黄豆般大小的硬块破裂溃烂的时候,最容易传染了。"

"那么第二期呢？"

"不管哪一期都潜伏着危险,哪怕验血呈阴性也不可掉以轻心。危险的事情永远是危险的。"

医生那一丝不苟的神态浮现在她的眼帘。

"一感染上验血就会呈阳性吗？"

"呈阳性一般都要到感染上一个半月以后。"

冰见子点点头。如果是这样的话,到了这个月的月底这几个男人理应成为自己的同类。正在摸索新的戏剧模式的大学教授田坂、花花公子花岛以及他们的妻子和情妇们看粉红色验血单的时刻即将到了。是一个"+"还是两个"+"呢？总之他们与我是血肉相连的伙伴。冰见子薄薄的嘴唇边露出了微笑。

她按捺不住地要叫出声来,她想在床上翻滚开怀大笑。

冰见子每周分别要和田坂和花岛约会一次。田坂温柔而执拗,花岛有时粗野而且大胆妄为。冰见子的身体迎合他们各自的口味,分别做出不同的反应。唯有这个时候,冰见子的肉体似乎从她心中游离出去,随心所欲地运动。

完事以后,冰见子静静地把手滑向男人的大腿,装出一副若无其事的样子无精打采地把手放在上面。男人把这个动作当作一个将一切都奉献给自己的女人的爱意的表示。纤细柔软的手指一边轻轻地抚摸一边移动。

摸到了！

冰见子的手指刹那间停住了,沿着大腿根的斜上方往下确确实实有三个硬块,它们像连绵起伏的三座山峰一样硬邦邦地耸立着。

我的血传过去了。

冰见子闭上眼睛,手还是放在原处一动不动。一种残忍的喜悦渐渐涌上冰见子的心头,并且缓缓地扩散到身体的每个角落。

花岛转过身来问:"你在想什么?"就是在演员堆里,他那张脸也算是漂亮的。"在想宇月吗?"

冰见子轻轻地摇摇头。

"你很可爱,我明白宇月为什么不想放开你。"

"宇月……"冰见子心里咯噔了一下,他确定我染上了这个病的时候是一副什么表情呢?是征服感还是完成传播的喜悦?是怜悯还是像我一样实施报复后的一种快感?冰见子躺在男人的怀抱里,渐渐坠入地狱了。

打那一个星期之后,冰见子在田坂的大腿根也摸到了同样的硬块。当时田坂在谈论着即将出版的戏剧方面的新书,冰见子一边点头一边抚摸着硬块。

"我和你好上以后才有心思写书,你给了我新的热情。我一定签上名后送一本给你。"

冰见子冷静地想,我送给你的礼物深深地埋藏在你的身体之中了。

彩排已经到了最后的冲刺阶段。冰见子每周只去剧团一两次,可是她和田坂以及花岛的事已经传得沸沸扬扬了。冰见子没有向别人提起过她与他们两个人之间的关系,态度上也没有表现出来什么。被人察觉的原因在男人们身上。

酒吧关门后一起出去喝酒的时候,老板娘对她说:"你和花岛先生来往我不说什么了,和田坂老师还是断了吧。"

"我可没有当真。"

"我不管你是不是当真,他可是我们的老师啊,而且你还是这个剧团的进修生。"

冰见子看着老板娘心想,那又怎么了?

"这种关系会把剧团给毁了。这种不正当的关系!"

"和他分手我是无所谓的……"

"你是说老师会不答应吗?"

"不是的。"

"这样下去其中的一方必须要离开剧团,这也无所谓吗?"

冰见子暗想还要再缓一阵,只要和田坂见上一面,看清楚了蔷薇疹,随时分手都可以。

"你和花岛先生的事情,我也觉得不太妥当,可是我不会干涉的。"老板娘说着往后将了将为登台演出而特地留的长发,"不过和过多的人发生关系不太好啊,这个世界小得很。"

冰见子想对她说,两个人还远远不够呢。

老板娘好像想起来似的说:"听说皆川先生要结婚了。"

"伸吾他……"

"对,未婚妻好像是广告公司经理的女儿。"

冰见子嘴里嘀咕道:"皆川伸吾。"好久没见到他了,自从和宇月好上后他就杳无音信了,算来至少已经有三年了。伸吾从创造剧社跳槽到现代剧场以后一下子走红了。他是一步一个脚印地走到今天的,所以可以说这是理所当然的结果。两年前冰见子曾经有一次从观众席上看过伸吾的表演。当时想去见他一面的,可是最终与他失之交臂。她想恐怕自己的绯闻已经传到他的耳朵里了,再者伸吾恐怕也不再需要自己了。这么多年来她就这样对伸吾一直采取回避的态度,可是有意回避反而证明她一直没有忘掉对方。

"你是在哪儿见到他的?"

"在协会开会的时候。他还问起过你呢。"

"……"

老板娘又给她倒了一杯威士忌。柜台前面放着洋酒,酒瓶在镜子的反射下形成双层的叠影。

"伸吾要结婚了。"

酒瓶的间隙中映着一张苍白的脸,冰见子看着自己的脸自言自语,心里涌上一种急不可耐的感觉。

七

一场阵雨过后,四周笼罩在暮色之中。这是一场冷雨。公寓楼梯的上口处放着两盆大朵的菊花,黄灿灿的花朵飘浮在暮色苍茫的走廊上。花好像是住在楼梯口的夫妻或者物业管理人员养的。不过大朵的菊花和这座公寓显得不太协调。

冰见子穿着一件白色的雨衣出去了。十二月份到了下午五点,天色就已经灰蒙蒙了。今天是公演的头一天。

小小的剧场里挤满了湿漉漉的观众。冰见子穿过走廊,一边在观众席上坐下一边迫不及待地朝四周望去。她来回走动两三次就把观众席看了个遍,伸吾果真来了。他坐在观众席的正当中,翘着修长的腿正和旁边的男人说话。看准了以后冰见子又回到自己后面的座位上。

舞台上掀起阵阵热潮,可是冰见子几乎都没看,她的眼睛一直盯着坐在前五排的伸吾的后脑勺。

临近剧终的时候,冰见子站起来去洗手间照了照镜子,她的脸苍白得像一张纸。之所以苍白也许是因为身体内的病菌在侵蚀着她的血液。她往脸上轻轻地扑了扑粉,涂上淡淡的口红用嘴唇抿匀,人这才有了几分生气。

一定要把他搞定。

冰见子听到镜子中的另一个自己发出的声音。

一切都照计划按部就班地进行。伸吾的心中对冰见子还残留着藕断丝连的眷恋,这也许是因为男人对女人总是抱有一种无穷无尽的好奇心,然而冰见子已经不在乎是什么理由了。

"其实我是很想和你在一起的。"完事后伸吾一边抚摸着冰见子的头发一边说,"我们原本可以走在一起的。"

"别说这些了。"

冰见子像哄孩子似的抚摸着伸吾的脊背。她没有后悔,她知道自己所有的一切都转移到伸吾身上了,通过伸吾健美的身体再传给他年轻的未婚妻,并进一步波及他们的孩子身上。只要血液在鲜活地流动,它应当无休止地延续下去。我化作一只黑虫钻入伸吾的身体中,只要他还活着就不会把我忘记。一想到这些,冰见子的心就鼓得满满的。

"你什么时候搬到这屋子里来的?"伸吾借着夜晚的灯光环视着这个房间。

"你今天就住在这儿好吗?"

"可是今天太唐突了。"

冰见子不想再勉强他留下了。

伸吾手摸着脑袋望着窗沿说:"真没想到会这样啊。"

"你后悔了吗?"

"哪儿的话啊。你还愿意见我吗?"

"好啊,你想见我的时候随时奉陪。"

伸吾又亲吻了一下冰见子后开始穿衣服,冰见子躺在床上一直望着这个整装待返的男人。

"我还会来的。"

伸吾轻轻点点头离开了房间,脚步声在楼梯的半腰处戛然而止,随即消失得无影无踪。想着他逐渐远去,冰见子心里感到安宁和充实。

八

新的一年来临了。头七天冰见子没有回老家都是在东京过的。她隐居在公寓的斗室里生活,隐藏起来做着各种各样的梦。每个梦都维系在同一个圆环上,冰见子置身于这个圆环的正中。

"蒂罗露"四号又开始营业了。

一月中旬伸吾举行了婚礼,冰见子只是发了份贺电,当晚她是和花岛一起过的。

"那女孩真可爱啊。"老板娘也参加了他的婚礼,回来后只说了这样一句话。

一大早天空就像要下雪的样子。那天已经是二月底了,冰见子去医院打听第三次的验血结果。

上午十点钟了,眼看着要下的雪却迟迟不下。

上午去趟医院吧。

如果上午去也许能见到木本老人。冰见子草草地化完妆后就出门了。干燥的空气让人感到冷飕飕的。

医院里有将近十个病人在候诊,却不见木本老人的身影。

体检结果和以前一样,还是两个"+"。

医生安慰她说:"不要放弃,继续治疗吧。"冰见子并没为之感到吃惊,某种程度上她已经预料到这个结果了。冰见子想告诉自己,即使治不好也不会像以前那样孤独一人了。

打完针后,冰见子问女导诊员:"木本先生今天不来吗?"

"木本先生去世了。"

"他死了?"

"是的,大概在十天前。"

"怎么死的?"

"听说是肺炎什么的。"

"那么是在木场吧?"

"我想是的。"

冰见子付完钱后像逃跑似的离开了医院。十天前就是二月中旬。果真如此吗?她真想去木场看个究竟。他活着的时候我为什么不同他多说说话呢?她为此悔恨不已。在候诊室也好,在走廊也好,不管在哪儿都有机会和他聊。当时觉得没有什么好说的,可是现在他死了却又觉得有很多话该说却没有说。她感觉仿佛失去了一位好朋友。她不由又想起了自己曾经路过一次的木场的芳香,老人的尸骸大概就是被那白色的圆木围着焚烧掉了吧,他身上的蔷薇斑在熊熊的烈火中也随之化作了灰烬。

傍晚时分,冰见子浓妆艳抹地来到酒吧。老人死了,她反而比平时打扮得艳丽。

打开后门走进空无一人的房间,冰见子感到很凄凉。店里寂静得像洞窟一样。电灯亮了,眼前一片狼藉,昨夜的残局还没有收拾。点上煤气,刷洗碗碟,清理空瓶。冰见子一阵忙碌,店里逐渐恢复到原来的样子。第一位客人好像等着她收拾停当了似的进来了。直到十一点钟,店里一切如常。

十一点半,酒吧下班后她就去了一家咖啡厅,田坂在那里等她。

"唉,我想去我们第一次去的地方。"

"第一次去的地方?"

"就是那个放着瓷瓶的房间。"

"是嘛?"乘上车后田坂问她,"你为什么要去那儿呢?"

"没有什么特别的原因。"

"你看中那个瓷瓶了吗?"

"……"

"不过不知道那个房间是不是空着。"

一想到好几个人使用同一个房间的同一张床,冰见子忽然觉得索然无味了。灯光突然黯淡下来,汽车开进一条小路,拐了两个弯停了下来。上次看到瓷瓶的那个房间果然被人占用了。服务员把他们领到另一个房间,这个房间结构跟上次的那个房间一样,可是搁板上放着一个灰不溜秋的圆形瓷瓶。

"是李朝[①]年间的东西吧?"田坂一边解开衬衫的纽扣一边拿起瓷瓶说,"不过这么昂贵的东西不会放在这种地方吧。"

颜色虽然是灰不溜秋的,可是瓷瓶的表面却闪着釉光。不过冰见子对它却不屑一顾。

田坂先进浴室泡澡。花岛总是邀请冰见子共浴,可是田坂却不说这样的话。在明晃晃的灯光下和年轻美貌的冰见子竞相展示裸体,他也许没有这个兴致。冰见子洗完澡换上睡衣回到房间里的时候,田坂已经在床上候着她了。枕边的台灯亮着,旁边用于偷窥女人在床上妖娆体态的镜子也悄悄打开了。

"快过来!"

冰见子表情呆滞地滑到田坂的旁边,马上就被脱得一丝不挂,田坂自己也脱掉了睡衣。

"我开灯了。"

冰见子一言不发,即使不让他开灯,他也不会听的。在某种意义上田坂比花岛还要淫猥。一阵长时间的如胶似漆的爱抚之后两个人都达到了高潮。田坂光着身子仰视着上方,可能是因为在性交的过程中灯一直亮着,房间里明亮的灯光并没有让他们感到不适。

冰见子往后仰了仰身体,侧过身来脸朝着田坂的方向看去,他那书生特有的白乎乎的裸体一览无余地暴露在她的眼前。

---

① 李朝(1392—1910):朝鲜半岛历史上的王朝,由全州李氏建立,都汉阳(即今日首尔汉江以北地区)。正式国号朝鲜国,因君主李姓,故称为"李氏朝鲜",简称李朝。李朝历经二十七代君主共五百余年,1910年日本侵吞朝鲜,李朝灭亡。

"你困吗？"

"不。"田坂回答的时候眼睛是睁开的，可是一阵睡意袭来他马上就闭上了眼睛。

一个男人的裸体在灯光的照射下横躺在旁边，冰见子把田坂的与身体平行摆放的右臂抬了起来，田坂任凭冰见子随心所欲地摆弄着。从腋下经过躯干部一直到腰部，他的右半身暴露在她的眼下。

出现了！

指甲般大小的红色斑纹从腹部的右侧一直延伸到背后，恰似红梅的落英纷纷扬扬洒落在白底上，看上去简直就像绣在皮肤上的蔷薇花。虽然她预料到会有这个结果的，现在亲眼看见了，冰见子还是感到浑身在战栗。这千真万确和冰见子身上的东西是一脉相承的。

"你怎么了？"田坂睁开惺忪的眼问她。

"……"

"这样要感冒的。"

冰见子的心里突然生出一种对田坂难以名状的爱怜。其实与其说这是对田坂的爱怜，不如说是对他发出蔷薇疹的身体的一种爱怜。

"怎么了？喂，你到底怎么了？"

"我爱你，爱你，真的爱你。"

三天以后，冰见子在花岛身上也发现了蔷薇疹，是花岛在明亮的浴室灯光下显露出来的。

两个人面对面地站着，双手抱着后脑勺。在浴缸里互相展示裸体是花岛的愿望,可是双手抱着后脑勺是冰见子的提议。一抬手身体各个部位的线条就会暴露得一览无余。

"太美了,白得简直像陶瓷。"

花岛竭尽溢美之词夸奖冰见子,这是他的肺腑之言。

"你也很美呵。"

"我?"

冰见子点点头,凝视着花岛的腹部侧面。还散发着青春气息的裸体上从胸部到腹部斑斑点点地散落着红色,这红色让人联想起少年羞红的脸庞。

花岛回到房间后问:"你和死去的宇月也做这种事吗?"

"不做。"

"真的吗?"

冰见子心想宇月肯定在什么地方看到过我身上的蔷薇疹。

"不许你再让别的人看!"

也许是长时间互相凝视着对方裸体的缘故,花岛激发出从未有过的激情紧紧地抱住冰见子。冰见子做着蔷薇疹扩散的梦,欲火烧得她飘飘欲仙,令她自己都感到羞耻。

九

春天过去了,又迎来了梅雨季节。

从冰见子发现自己患病已经整整一年过去了。六月初验血还是呈阳性,脚底的湿疹依旧干瘪瘪的,既没有好转也没有恶化。不仅是脚部,身体的所有部位都和一年前一样没什么变化,她的病好像稳定住了。

从冬天到春天,田坂和花岛的蔷薇疹绽放出鲜艳的花朵,又凋零了。初夏一开始,伸吾的身体上仿佛只等前面两个男人的蔷薇疹消失似的,也出现了同样的斑点,冰见子是在公寓的下午的阳光中发现的。冰见子一边看着伸吾身上的蔷薇疹,脑海里一边浮现出从春天到夏天新发生关系的三个男人的脸,他们分别是老板娘深爱着的剧作家野村、一个月前在酒吧里认识的小混混和来公寓修下水道的工人。

她和小混混只是一夜情,和其他两个人来往过两三次。男人们接二连三地在冰见子的面前昙花一现,冰见子像一个赏花的老人等待着那一天的到来。每开一次花,圆环就确确实实地扩大了一圈,它超越了性别、超越了年龄、超越了身份和地位,无比坚固,谁也毁坏不了它。

随着夏天的来临,"蒂罗露"略微安静一点了。还有两天七月份就结束了。

十一点钟老板娘走过来对她说:"我想单独和你谈谈,下班后你留下来。"老板娘的声音冷冰冰的,口气很尖锐。

客人回去后店里只剩下两个人了。老板娘把肘部靠在台灯的边缘说:"你和野村也发生关系了吧?"

"……"

"回答我!"老板娘叫喊着。冰见子微微点点头。

"果真如此……"老板娘那张苍白的长脸紧紧地贴着冰见子的脸,"你这个淫荡的女人、大花痴,简直是个妓女!"

冰见子觉得老板娘说的话一半是对的,一半与事实不符。

"酒吧你就干到今天为止吧,剧团你也别干了。明天剧团开会我要好好地告你一状!"老板娘用颤抖的手点着了香烟,"你和伸吾先生也还在来往吧？你到底喜欢谁？你知道什么是爱吗？你爱过一个人吗?！"

冰见子的脑海里模模糊糊地闪现出伸吾的面容。

"那个女人马上要生孩子了，你再怎么折腾，她都会和他组建属于他们的家庭。你是插足不进去的！"

"……"

"你给我滚出去！我再也不想见到你这样的女人了。你快和我、酒吧以及剧团一刀两断吧。我们没有任何关系，既不是熟人也不是剧团的同事了，而是素不相识的陌生人。我决不会与你为伍。快滚吧！"

后门已被打开，老板娘指着外面吼叫着。冰见子拿起手提包回过头来再一次朝老板娘望去。

"工钱我结算好送给你。"

冰见子缓慢地行走在人迹罕见的楼宇间的小道上，只有轻轻作响的脚步声跟随着她。前方的天空被霓虹灯照得一片通红。

冰见子回想起老板娘说的话。

"我和你毫无关系，一刀两断！"

冰见子嘀咕了一句后停住了脚步。

伸吾的孩子真的会生下来吗？

冰见子思考片刻，然后点点头，朝着圆圆的蔷薇状的明亮的天空方向迈开坚实的脚步。

喜出望外的收获（新版后记）

《光与影》是我的直木奖获奖作品，它最能勾起我深深的回忆。

然而这部作品的诞生纯属偶然。

1968年至1969年期间，我完成了后来发表的长篇小说《葬花》的构思。我追寻主人公荻野吟子的足迹，前往北海道的江差、埼玉县的俵濑进行采访。

荻野吟子是日本第一位官准女医，因此我查阅了一些有关当时风俗、医疗状况的文献，其中我偶然发现一本石黑忠德所著《怀旧九十年》的书。此人身居军医总监之要职，吟子曾经登门拜访过他，恳求他为女子行医开启方便之门。

这部著作的怀旧谈中有如下的记载：

明治十年，名叫寺内寿三郎和小武敬介的两位陆军上尉在西乡军与政府军鏖战的西南战役中负了伤，他们随其他伤员从战场上被护送到后方。寺内和小武都是上臂贯穿枪伤导致粉碎性骨折，当时抗生素匮乏，这种外伤化脓后并发骨髓炎，发高烧致死的病例司空见惯。因此一般采用的治疗方法都是尽快从上臂截肢。事实上军医给两个人诊断后,对病历放在上面的小武实施了常规的截肢手术,然而轮到下面的寺内,军医突发奇想决定不截掉胳膊,而是采取保守疗法,观察一下情况再说。这不过是作为权宜之计的尝试性手段,一连几天接踵而至的截肢手术让他感到厌倦了。

然而,被截肢的小武不久便伤愈退役了,可是保住胳膊的寺内伤口化脓、高烧不退,寺内不堪其苦,曾主动请求"给我切除吧"。医生好言相劝总算安抚住了,在观察治疗的过程中伤口不再化脓了,最终截肢得以幸免。因此寺内保住了现役军人的身份,虽然他不能举起右胳膊,改用左手行礼,可是这一变化更加深化了他作为西南战争生还英雄的形象,之后他平步青云,从陆军大臣一路登上内阁总理大臣的宝座。

相反的,被截肢的小武则沦为一介市井平民,度过他平庸的一生。

由于军医刹那间的心血来潮般的念头,两个人的人生却由次分道扬镳了。

读了上面这段轶闻,我顿时确信"这是小说的好素材"。

因此我查阅西南战争以及有关当时医疗技术等方面的资料,同时想象两者各种各样的心情,使之交叉穿插,这样写成了收录于本书的《光与影》。

自然,光是寺内,影则是小武。

这篇小说脱稿后在《文艺春秋》增刊一发表就获得好评,马上又被列为直木奖候选作品,并且最终摘得荣冠。

回顾以上过程,如果不写《葬花》,就不会有同《怀旧九十年》

的邂逅,《光与影》也不会得以问世。

从这个意义上来说,《光与影》完全是喜出望外的收获,虽然它的诞生纯属偶然,但是结果招来了直木奖这个幸运。

这里描述的两个人的命运自然不在话下,看来小说也有幸运和不幸之分呢。

渡边淳一
2007 年 12 月

图书在版编目（CIP）数据

光与影 /（日）渡边淳一著；杜勤译. —青岛：青岛出版社，2018.5
ISBN 978-7-5552-6939-7

Ⅰ.①光… Ⅱ.①渡… ②杜… Ⅲ.①短篇小说—小说集—日本—现代 Ⅳ.① I313.45

中国版本图书馆 CIP 数据核字（2018）第 077075 号

光と影 by 渡辺淳一
Copyright © 1970 by 渡辺淳一
Simplified Chinese edition copyright © 2018 by Qingdao Publishing House Co., Ltd.
This edition arranged through Chuzai International Co., Ltd.
All rights reserved.
简体中文版通过渡边淳一继承人经由中财国际株式会社授权出版

山东省版权局著作权合同登记号 图字：15-2017-237 号

GUANG YU YING
书　　名	光与影
著　　者	［日］渡边淳一
译　　者	杜　勤
出版发行	青岛出版社
社　　址	青岛市崂山区海尔路 182 号（266061）
本社网址	http://www.qdpub.com
邮购电话	（0532）68068091
策　　划	刘　咏　杨成舜
责任编辑	霍芳芳
封面设计	末末美书
封面插图	吴和平 C
照　　排	青岛双星华信印刷有限公司
印　　刷	青岛双星华信印刷有限公司
出版日期	2018 年 5 月第 1 版　2025 年 3 月第 6 次印刷
开　　本	大 32 开（890mm×1240mm）
印　　张	5.875
字　　数	126 千
书　　号	ISBN 978-7-5552-6939-7
定　　价	32.00 元

编校印装质量、盗版监督服务电话　4006532017　0532-68068050
本书建议陈列类别：日本·畅销·短篇小说集